Sans domicile fixe
Contes animaliers

© Éditions Renaissens
Collection : COMME TOUT UN CHACUN
ISSN : 2649-8839
www.renaissens-editions.fr

Les éditions Renaissens publient les écrits d'auteurs aveugles, sourds, handicapés et de toute personne souffrant de l'exclusion.

Maurice Bougerol

Sans domicile fixe
Contes animaliers

À ma famille,

*À mon copain Jean-Marie,
disparu bien trop tôt.*

Un marcassin en vadrouille

Il était une fois dans une forêt du Bourbonnais, au milieu d'un fourré épineux, une jeune laie qui mettait bas. Nous étions à la mi-avril, par une nuit sans lune dans le roncier. La pluie froide de l'après-midi avait rendu l'atmosphère glaciale mais Zita ne s'en préoccupait pas, toute concentrée à donner la vie pour la première fois.

Étendue sur un amas de fougères, dans un trou de terrain, elle haletait, essoufflée par les contractions qui la torturaient depuis plus d'une heure.

Puis tout s'arrêta et un grand calme l'envahit. Soudain, inquiète de ne sentir qu'un seul petit être accroché à une mamelle, elle se retourna pour le lécher et constata que les sept autres étaient mort-nés.

Elle en éprouva un grand chagrin mais quand ses yeux revinrent à celui qui gigotait contre son ventre, elle oublia bien vite sa peine. Il était tout mignon avec ses rayures et son petit boutoir rose.

Comment allait-elle l'appeler ? Cette question la tortura un instant puis un nom s'imposa à son esprit, celui de son père, un sanglier de plus de cent kilos, majestueux, doté d'énormes défenses. Il s'appellerait donc Tom. Ainsi le décida-t-elle.

Contre son ventre le petit s'était endormi après s'être gavé de lait. Fatiguée par la mise bas elle se laissa elle aussi envahir par le sommeil, gardant les oreilles en alerte pour prévenir tout danger.

Au bout d'une heure elle éprouva le besoin de bouger, non seulement pour s'alimenter car elle se sentait un peu faible, mais aussi pour quitter cet endroit où l'odeur de ses petits mort-nés risquait d'attirer les charognards, en particulier les renards qui pullulaient par ici.

Elle se remit donc sur ses pattes et, suivie de son unique rejeton, sortit du buisson épineux. Elle trottina sur un sentier pour gagner l'orée de la forêt jouxtant une prairie humide dont elle aimait retourner les mottes pour déguster les vers qu'elles contenaient en abondance. L'agriculteur ne serait pas content mais Zita n'en avait cure.

Le jour commençait à blanchir l'horizon et la gelée raidissait les touffes d'herbe. Il lui fallait d'urgence retrouver une bauge et la sécurité d'un hallier pour passer la journée tranquille hors de la vue de quiconque, bêtes ou gens.

Elle regagna la forêt et, dans une pente raide orientée au nord, elle vit un roncier impénétrable qui ferait l'affaire. En son centre, un espace dégagé, à peine plus grand qu'elle, couvert de mousse et de fougères écrasées par l'hiver lui convenait parfaitement. Pour le futur, elle aviserait ! Elle se coucha, son petit contre elle, et s'endormit aussitôt.

Quand Tom s'éveilla, le jour était lumineux. La journée s'avançait mais l'air restait glacial, sans soleil. Il chercha la mamelle et, quand il la trouva, il but goulûment, ce qui eut pour effet de réveiller sa mère.

Il faisait froid. La nuit passée, en quête d'une bauge, Zita avait aperçu non loin de là une large flaque d'eau stagnante laissée par les dernières pluies. Elle décida de s'y rendre pour étancher sa soif ardente. Mais peut-être était-elle gelée ?

Elle se remit debout et écouta la forêt. Son ouïe très fine ne lui rapportant aucun bruit suspect, elle quitta subrepticement son gîte. Tom sur ses talons, elle retrouva la flaque qui avait déjà diminué. Une pellicule de glace la recouvrait. D'un coup de nez, elle la brisa dans un bruit sec de verre cassé. Le petit renifla l'eau sans la toucher. Elle but longuement, les oreilles dressées comme toujours. Seul le vent agitait les buissons et les branches des arbres. Très discrètement ils regagnèrent leur bauge et se rendormirent aussitôt.

Quand la jeune laie s'éveilla de nouveau, la nuit tombait. De son groin boutoir elle secoua Tom. La faim la tenaillait et il était temps pour elle de quérir de la nourriture. Non loin de là se trouvait toujours la prairie aux vers.

Elle venait à peine de retourner un sillon quand un bruit l'alerta. Elle se figea, Tom l'imita.

Des sangliers avaient, eux aussi, trouvé le champ pour leur déjeuner et menaient grand tapage.

« Ce n'est pas bon pour la discrétion. Quels imbéciles ! » pensa Zita.

Elle se hâta de finir son repas et poussa Tom pour lui intimer l'ordre de la suivre. À contrecœur il obéit.

Toute la nuit ils flânèrent dans la forêt et les prés. Elle mangea çà et là quelques glands restés de l'automne précédent et des vers sous les plaques d'herbe qu'elle avait retournées en fouissant le sol.

Bientôt le jour pointa et tous deux rentrèrent se bauger dans leur cache de la veille.

Le soleil était haut dans le ciel quand ils

s'éveillèrent brusquement, alertés par le cri du geai, qui faisait office de concierge.

Zita dressa les oreilles et renifla le vent. Un bruit de pas dans le chemin, en contrebas, révéla le passage de deux promeneurs.

Épiant de tous ses sens, elle fouilla du regard les alentours au travers des buissons, mais nul danger. Les pas s'éloignèrent progressivement et le calme retomba dans le sous-bois.

Zita se rendormit avec le martellement du pic noir qui tambourinait sur son tronc.

Tom était effrayé par tous ces bruits inconnus. Quand une sittelle poussa ses petits cris, auxquels lui répondit le rire moqueur du pic vert, il se réfugia contre le ventre maternel, complètement apeuré. Zita le lécha pour le rassurer et la langue râpeuse de sa mère l'apaisa. Il se rendormit après avoir tété son saoul.

Les heures se succédaient, le temps passait, jour après jour puis semaine après semaine.

Le printemps froid et pluvieux puis fleuri, laissa place à l'été.

Tom avait grandi et pris du poids mais il arborait encore ses belles rayures qui le cachaient dans un univers de feuilles mortes et de verdure.

Août était passé de trois semaines et les

chaleurs assommantes s'étaient atténuées. La mère et le fils goûtaient une vie tranquille faite de sorties nocturnes pour se nourrir et de profonds sommeils une fois repus.

La nature généreuse leur délivrait de nombreux aliments, tous aussi succulents les uns que les autres. Tom avait une préférence pour les larves de hannetons, gros vers blancs dodus, et pour les petits campagnols à la chair tendre et au sang chaud, mais il ne refusait pas un tubercule ou des pommes de terre savoureuses !

Une nuit, ils en avaient ravagé une raie entière pour se goinfrer. Ils n'étaient pas les seuls sur le coup et sûrement le propriétaire ne serait pas enchanté, mais la gourmandise l'avait emporté sur toute prudence.

Depuis un certain temps, du maïs était disposé au pied des arbres, non loin de là, et du goudron de Norvège recouvrait certains troncs. Zita l'appréciait particulièrement ! Elle s'y frottait pour se débarrasser des parasites qui irritaient sa peau. Tom l'imitait.

D'autres congénères aimaient aussi le maïs et leur volaient souvent leur part.

Trop de ses semblables habitaient ce coin de forêt et Zita ne sentait plus son petit en sécurité.

Elle pressentait un danger et éprouvait le besoin de changer d'air et de refuge. Elle hésita longuement puis se décida.

Trottinant l'un derrière l'autre, ils retournèrent au champ de pommes de terre dont ils se gavèrent de nouveau, puis d'un petit coup de boutoir elle fit signe à Tom de la suivre. Ils étaient en retard, le jour était levé depuis plus d'une heure. Il fallait partir. Mais ils folâtraient encore dans la forêt quand un aboiement se fit entendre.

Zita dressa les oreilles et renifla l'air. Rapidement elle évalua le danger et partit au petit trot puis dans une galopade effrénée. Tom avait du mal à la suivre. Il n'était pas habitué à une course pareille. Ils traversèrent une rivière puis, au bout d'une heure, trouvèrent refuge tout près d'un étang dans un roncier épais qui avait déjà servi de bauge à d'autres sangliers.

Zita s'y laissa tomber et ils eurent peine à s'endormir. Elle était inquiète. Ces aboiements lui rappelaient des scènes déjà vécues, peuplées du cri des hommes et du son des trompes. De mauvais souvenirs qui engendraient la peur, précisément celle de la chasse où elle avait vu nombre de ses frères mourir.

Au loin, les aboiements faiblirent puis se

turent. Zita resta en alerte un moment puis le sommeil l'emporta. Elle était épuisée et Tom ne valait guère mieux.

Le hululement d'une chouette les réveilla. La nuit était déjà tombée depuis longtemps et Tom avait faim.

Ils suivirent les abords de l'étang, dégustant escargots, limaces et vers puis franchirent une clôture donnant accès à un champ de légumes où ils croquèrent des topinambours dont ils retournaient les pieds.

En rentrant au petit jour, ils tombèrent encore sur des tas de maïs, disposés çà et là, dans des parties humides de la forêt. Ils se rencognèrent enfin dans les buissons épineux d'un fourré non loin de la lisière.

Dans la matinée, ils entendirent le reniflement d'un animal. Zita détecta de suite un chien tenu en laisse par un homme. Le chien n'aboya pas et la laie ne bougea pas. Après avoir fait plusieurs fois le tour du fourré, bipède et quadrupède s'éloignèrent.

Zita était méfiante. Il leur faudrait trouver une autre bauge car celle-ci était repérée. Le chien s'était approché de trop près à son goût.

Sur ces réflexions, elle se rendormit avec Tom blotti contre elle.

Plusieurs heures avaient passé quand des aboiements furieux, venant du côté des champs, les extirpèrent de leur sommeil.

Zita dressa les oreilles, inquiète. Elle écouta longuement. Les aboiements de la meute se rapprochaient. Un sixième sens lui disait de ne pas rester, de partir. Elle écouta encore puis invita Tom à la suivre, à patte de velours sur les feuilles sèches du sous-bois, afin de ne pas éveiller l'attention.

Ils se défilèrent silencieusement, faisant un large détour pour revenir vers l'étang. Ils en traversèrent la partie la plus étroite à la nage afin de brouiller les pistes puis suivirent un moment les traces de congénères.

Les aboiements se rapprochaient encore. Zita dut accélérer. Tom avait du mal à la suivre.

Elle voulut franchir une haie mais l'odeur de cigarette d'un chasseur, en poste, l'alerta et elle fit demi-tour. Elle ne courait plus mais fuyait, une fuite éperdue pour sauver sa vie et celle de son petit.

Les chiens les talonnaient. Les aboiements approchaient. Tom n'en pouvait plus. Sa mère allait trop vite ! En passant de nouveau près de l'étang, il se jeta dans l'eau et nagea au milieu des roseaux où il se cacha.

Une troupe de sangliers et de bêtes rousses

passa près de lui sans le voir et fonça droit devant.

Le petit était abasourdi et apeuré. Dans l'eau jusqu'au cou, il tremblait de tous ses membres, à tel point qu'il avait l'impression que le paquet de roseaux, derrière lequel il se dissimulait, tremblait aussi.

Les chiens débouchèrent dans une cavalcade et une furie d'aboiements mais aucun ne le vit ni ne le sentit.

Talonnés de près, les sangliers se dispersèrent dans toutes les directions à la lisière de la forêt. Chassant à vue, les chiens aboyèrent de plus belle et un tonnerre de coups de feu explosa tout à coup de l'autre côté du bois. Il sembla à Tom que cela ne s'arrêterait jamais.

Puis les crépitements cessèrent mais les aboiements des chiens continuèrent, toujours ponctués par les cris des chasseurs.

Une trompe retentit. Un chien blanc avec des tâches noires et feu passa près de Tom au moment où il s'apprêtait à sortir de sa cachette. On appela. Le chien poussa deux coups de gueule graves puis disparut dans les fougères.

Le petit marcassin n'osait plus bouger. Tout ce vacarme l'effrayait. Il attendit longtemps que les aboiements se taisent. Des voitures arrivèrent par le chemin de la lisière. Des portières claquèrent, des voix donnaient des ordres, puis les véhicules s'éloignèrent et le silence retomba épais et glauque.

Aucun oiseau ne chantait, la forêt semblait assommée. Une odeur âcre apportée par le vent fit tousser Tom. C'était l'odeur de la poudre qu'il ne pourrait plus jamais oublier.

Enfin, il se décida à sortir de sa cache. De retour sur la berge, il se secoua. Il avait faim et sommeil. Il ne savait pas où aller. Sa mère n'était plus là pour le guider. Il en éprouva une infinie tristesse. Le nez au ras du sol il tenta de retrouver sa trace mais dans tout ce mélange d'odeurs, il n'y parvint pas. Qu'allait-il devenir seul, sans défense, au milieu de la forêt ?

Il eut tout d'abord l'idée de se nourrir. Sa quête le mena vers son ancienne bauge mais l'odeur des chiens était si forte qu'il quitta ces parages. Sous les chênes il trouva les premiers glands, sans doute verrés, mais il s'en moquait : c'était de la nourriture, le reste avait peu d'importance. De beaux champignons rouges agrémentèrent son repas.

Tout comme lui, des congénères fouillaient le sol. Il reconnut l'un d'eux à une tâche blanche au-dessus de l'œil. Il faisait partie de ceux qui fuyaient devant les chiens. Mais sur la petite troupe d'une dizaine d'individus, il n'en restait apparemment que cinq. En alerte continuelle, ils s'activaient à se nourrir rapidement en retournant le sol de la forêt.

Tom leur demanda s'ils avaient vu sa mère. Aucun ne lui répondit. Ils l'ignorèrent et continuèrent leur quête tout en s'éloignant. Il voulut les suivre mais le plus gros se retourna, vint à lui et montra ses dents avec un fort grognement. Le petit marcassin comprit qu'il n'était pas le bienvenu et rebroussa chemin. Il s'affala au pied d'un arbre et pleura toutes les larmes de son corps. Il avait perdu sa mère et ne savait comment faire pour la retrouver.

Au bout d'une heure il se releva. La nuit commençait à tomber et il décida de partir à sa recherche.

Le nez au vent ou au sol il essayait de repérer son odeur. Il retourna sur les lieux du drame mais ne reconnut rien qui puisse lui appartenir. Sur le tronc d'un jeune châtaignier, il lui sembla qu'elle s'était frottée mais il n'en était plus très sûr.

Il tourna ainsi toute la nuit de l'étang à la forêt, de la forêt aux prés puis au chemin, mais rien. Il crut même distinguer des taches de sang là où les chasseurs s'étaient postés et avaient tiré.

Des mégots attestaient de leur emplacement.

Le jour se levait déjà quand Tom se résolut à quitter l'endroit, épuisé, malheureux, seul et sans protection. En levant la tête, il vit deux yeux orange qui le fixaient sur la branche d'un arbre.

— Que t'arrive-t-il jeune marcassin ? lui dit un moyen-duc, touché par sa détresse.

— J'ai perdu ma mère ! répondit Tom en sanglotant.

— On perd toujours ses parents un jour ou l'autre mais ne t'inquiète pas, tu la retrouveras car je l'ai vue à l'œuvre, c'est une jeune laie très rusée !

— Tu… tu crois ? dit Tom.

— J'en suis à peu près sûr ! répondit le hibou en s'envolant d'un coup d'aile silencieux.

Le marcassin était un peu rassuré mais au bout d'une demi-heure le doute l'envahit de nouveau. Et si elle s'était fait tuer, il ne pourrait jamais la revoir !

Tout à ses réflexions, il ne s'était pas rendu compte qu'il avait regagné le lieu où ils s'étaient baugés la nuit précédente. Trop fatigué pour y déceler un quelconque danger, il s'affala sur le lit de fougères et s'endormit aussitôt, les pattes raides d'avoir tant couru.

Son sommeil fut des plus agités. Il se revoyait

fuyant devant les grands chiens qui le serraient de plus en plus près et au moment où ils allaient le rattraper, il s'éveillait en poussant un gémissement. Il avait peur et n'avait plus la douce chaleur de sa mère pour l'apaiser.

Le jour s'avançait et il se força à ne pas bouger, ne sachant où aller. Alors il retomba dans un sommeil superficiel et tourmenté. Son estomac criait famine.

Quand le soir arriva, suivant son instinct, il revint vers l'étang pour se nourrir. Il se gava de pousses de roseaux, d'escargots et de quelques batraciens. Malgré son jeune âge, il se sentait fort et faible à la fois. Il déambula une partie de la nuit dans le périmètre qu'il connaissait sans jamais percevoir le moindre signe de sa mère, mais il gardait espoir. Des congénères qu'il croisait ne purent le renseigner. Ils étaient bougons et trop occupés à rechercher de quoi manger pour s'intéresser à ses questions.

Dépité et malheureux, Tom décida finalement d'abandonner ce secteur qui lui paraissait bien trop hostile. Au crépuscule, des chiens avaient encore aboyé à l'orée de la forêt. Il but abondamment dans l'étang et reprit son chemin dans la direction opposée.

Tout en se nourrissant de ce qu'il trouvait, il suivit une sente dans un paysage qu'il ne connaissait pas. La fatigue aidant, un roncier épais le reçut pour le restant de la nuit et la journée qui suivit. Celle-ci fut ensoleillée et le pépiement des oiseaux le berça dans un sommeil sans limite. Vers le soir, un reniflement le réveilla en sursaut. En alerte, le jeune marcassin écouta. Avait-il rêvé ou était-ce une réalité ? Ce reniflement, il ne l'avait pas inventé. Le bruit recommença plus près encore. Aussitôt, il pensa au chien qui avait détecté la bauge où ils étaient vautrés, sa mère et lui.

Le cœur battant à un rythme fou, il bondit hors du roncier. Il fuyait de toute la force de ses petites pattes, persuadé que le reniflement était celui d'un chien.

Au bout d'une heure de course effrénée, il tomba sur un tapis de mousse dans le fond d'un vert vallon où coulait une rivière.

S'il avait su, le pauvre Tom, que le reniflement qu'il avait pris pour celui d'un chien n'était autre que le déplacement d'un hérisson fouillant le dessous des feuilles pour dénicher quelques limaces ! Mais il était trop jeune et inexpérimenté pour faire la différence. À moitié endormi, le bruit l'avait tétanisé et ce réflexe de fuite lui était dicté par un profond sentiment de survie.

Maintenant haletant, il se demandait comment traverser les flots bouillonnants du cours d'eau, se retournant sans cesse pour jeter un regard et sentir le vent.

Il suivit la berge en trottinant, mais sur ses gardes. Dans ce pré à découvert, il sentait l'urgence de se cacher dans les fourrés de l'autre côté de la rivière. Il hésitait et tergiversait pour trouver le passage le moins tumultueux.

Tout à coup, un aboiement de chien, au loin, le glaça. Sans plus réfléchir, il plongea et nagea rapidement. Émergeant sur l'autre rive, il se secoua et fila en direction des fourrés. Un chevreuil, apeuré par son apparition soudaine, détala avec grâce. Tom le suivit dans une sente qui s'enfonçait dans la profondeur des bois. Le chevreuil bifurqua brusquement laissant Tom continuer seul.

Sans ralentir son rythme, le petit marcassin courait afin de mettre le plus de distance possible entre lui et son passé. Le terrain montait en pente douce. Quand la pente s'accentua, il avança plus lentement, flairant le vent et guettant le moindre bruit apporté par la brise du soir.

Au sommet de la colline, dans un repli de terrain, il s'affala dans un buisson pour reprendre son souffle et se relaxer. Le groin posé sur ses pattes avant, il somnola quelques instants.

Au fond de lui, une impression impérieuse le poussait à se remettre en chemin. Fatigué, il résista mais ce sentiment se fit de plus en plus pressant avec une notion d'urgence qu'il commençait à connaître.

Il trouva la force de repartir, jugeant qu'il était sans doute encore en danger.

Il redescendit la colline au petit trot. Dans le sentier devant lui un raclement de griffes l'angoissa. Le bruit se rapprochait mais Tom n'eut pas le temps de se cacher. D'un hallier épineux, une forme sombre déboula, fonça sur lui, le percuta et l'envoya sur le derrière.

— Alors marmot, tu ne peux pas faire attention ! grogna une voix bourrue.

Tom bredouilla quelques excuses mais la forme sombre avait déjà disparu.

Il se remit derechef sur ses pattes tremblantes quand une nouvelle apparition sur le sentier le surprit.

— Ne lui en veux pas. Il est toujours ainsi ! dit un renard roux et amical. C'est mon voisin, le blaireau. Le soir, il ne faut pas se mettre en travers de sa route.

— Eh bien dites donc, ce n'est pas la politesse qui l'étouffe ! répondit Tom encore un peu sonné.

— Bah, si tu restes par ici, tu apprendras vite à le connaitre. Aujourd'hui tu as eu la chance de ne pas goûter à ses coups de griffes, mais certains en ont fait l'amère expérience, moi en particulier.

— Ah bon, vous vous êtes battus ?

— Eh oui, pour un terrier que je croyais abandonné ! murmura le renard en soupirant. Mais désormais chacun chez soi, nous sommes devenus les meilleurs amis du monde.

— Très bien, très bien ! ne sut que répondre Tom.

— Bon, allez, je continue !

Et le renard fila le nez au ras du sol sans plus se préoccuper de son interlocuteur.

Tom resta sans bouger, l'air un peu dubitatif. Tout s'était passé si vite qu'il n'avait pas vraiment pris la mesure du danger.

Il se remit en route plus circonspect que jamais. « Décidément, pensa-t-il, il n'y a vraiment pas un endroit tranquille ! »

Il continua de descendre la pente au petit trop, le plus silencieusement possible.

Il commençait à avoir faim, son estomac réclamait. Plus bas, vers un épais fourré, il trouva du maïs au pied d'un arbre badigeonné de goudron bien odorant.

Il se restaura goulûment et se frotta sur l'écorce collante. Le ventre plein, il se sentit beaucoup mieux. À présent, le plus important était de trouver un refuge avant le lever du jour.

L'automne s'avançait, des feuilles tombaient, entrainées par le vent dans une chorégraphie insolite, tantôt langoureuse, tantôt effrénée.

Sur la forêt, la pluie se mit à tambouriner. Tom ne trouvait pas de havre de paix pour s'abriter. L'humidité de l'air le rendait mélancolique et il n'avait pas envie de dormir.

Il traina ainsi jusqu'aux premières lueurs du jour. La pluie avait laissé place à de lourds bancs de brouillard qui donnaient aux arbres une apparence irréelle.

Ne trouvant rien qui lui convienne, le jeune marcassin revint sur ses pas et un fourré à mi-pente le reçut complètement épuisé par sa quête de la nuit. Il s'endormit rapidement avec les premiers chants des coqs dans les lointaines cours de ferme.

La pluie avait repris, donnant à cette nouvelle journée un air de grisaille et de tristesse mais Tom ne s'en préoccupait pas. Il dormait comme un loir.

Vers le soir, la faim le tenaillant, il sortit un peu

hésitant de son hallier. Sans se poser de questions, il retourna vers le maïs généreusement disposé pour lui et ses congénères. Il mangea jusqu'à être repu puis pensa qu'il ne se trouvait pas si mal ici avec cette nourriture à portée de groin, sans avoir à battre la campagne pendant des heures.

Sa mère lui manquait. Comme son souvenir encore récent le rendait triste, il explora cette nuit-là l'étendue de son territoire. La proximité des fermes l'inquiétait. Dans sa petite tête de sanglier il savait que dans les fermes on trouve non seulement les coqs qui chantent le matin, mais aussi les chiens qui aboient et font fuir, jusqu'à ce que le tonnerre des fusils fauche la vie.

Tom l'avait vécu, pas directement mais de suffisamment près pour comprendre que le danger était réel. Pourtant, il vagabonda dans les prés avoisinants et la forêt obscure, venant de temps en temps se restaurer sur les appâts de maïs qui diminuaient graduellement.

Il rencontra de nouveaux congénères mais aucun ne put le renseigner sur sa mère.

La nuit était particulièrement humide, ce qui lui plaisait. Il n'avait cessé de se gaver de glands, de champignons et surtout de maïs, et quand les coqs chantèrent aux premières lueurs de l'aube, il n'avait pas encore trouvé de bauge pour dormir.

Un pâle soleil blanchâtre illuminait maintenant la campagne et il trottinait encore dans la forêt, à la recherche d'un gîte confortable et surtout sécurisé.

De guerre lasse, il retourna dans son hallier de la veille qui était déjà occupé par trois bêtes rousses, d'un an plus âgé que lui. Il essaya de se glisser entre elles mais elles lui firent vite comprendre qu'elles ne le voulaient pas.

Il s'en fut tête basse et dans une pente abrupte, dénicha un abri sous roche, petit mais suffisant. L'emplacement n'était pas idéal mais quelques baliveaux le cachaient aux regards extérieurs. Cet abri sentait l'urine d'un renard qui avait essayé de creuser un terrier au pied du rocher, sans vraiment y parvenir. Il s'y allongea. La terre fine le reçut comme un écrin et le sommeil le gagna aussitôt.

Dans la journée il s'éveilla plusieurs fois, alerté par des bruits qu'il ne connaissait pas.

Sans bouger il écoutait, prêt à fuir à la moindre alerte, puis rassuré, il se rendormait.

Malgré sa vigilance, il n'avait pas vu arriver un homme muni d'un seau, qui déposa de nouveau du maïs dans les endroits que Tom avait fréquentés.

L'individu fit le tour de ses appâts avec beaucoup de discrétion, un sourire aux lèvres. Il savait que les sangliers étaient dans le secteur, ce qui augurait d'une bonne chasse le lendemain dans la matinée.

Pendant ce temps, Tom dormait à poings fermés comme peut dormir un petit sanglier repu.

Vers la fin de journée il s'éveilla d'un coup, aux aguets. La nuit n'était pas encore tombée et le soir tardait à lui laisser la place. Il lui semblait que quelqu'un marchait dans les feuilles avec beaucoup de précaution, comme un pas furtif.

Le jeune marcassin se remit sur ses pattes et, prêt à fuir, glissa son groin et ses yeux entre les baliveaux pour voir ce qu'il se passait.

— Whaou ! se dit-il tout bas.

Là, dans une contre-allée, se trouvait un sanglier majestueux, une bête énorme aux grès recourbés de chaque côté des babines. Un solitaire de plus de cent kilos, aux soies très noires, qui fouissait au pied d'un chêne, pourchassant sans doute un petit rongeur.

Admiratif, Tom ne bougeait pas, les pattes un peu tremblantes. Il n'avait jamais vu un congénère aussi gros.

Tout à coup, un mulot jaillit d'un trou mais

avant qu'il ne fasse un mètre le sanglier l'avait happé et le croquait comme on le ferait d'un radis.

La bête continua sa quête en s'approchant de la cachette de Tom qui n'osait remuer, ne serait-ce que le bout de sa minuscule queue, tellement la peur le tétanisait. Il était tout à la fois fasciné et effrayé.

Le gros sanglier passa près de lui sans même lui accorder un regard. Il se frottait à tout ce qu'il trouvait, sa masse faisant plier les arbustes.

Tout tremblant, le marcassin recula précipitamment et se rencogna sous son rocher. Il attendit sans bouger que le silence revienne dans la forêt. Puis, s'armant de courage, il consentit à remettre le groin dehors.

Il regarda entre les branches mais ne vit plus rien, l'énorme sanglier avait disparu. Quelque chose d'indéfinissable le troublait. Il aurait aimé être cette bête majestueuse. Il avait eu peur mais en même temps il ne l'avait pas vraiment craint. Comment cela était-il possible ? Malgré son jeune âge, il s'interrogeait, sans pouvoir trouver de réponse.

Le soir tombait et la faim en lui se réveillait. En trottinant, il se dirigea vers le chêne où le gros sanglier avait retourné la terre.

Il renifla l'humus dont se dégageait une forte odeur car l'énorme bête noire avait marqué son territoire. Tom se rendit ensuite vers un des petits tas de maïs que son aîné n'avait même pas touché et avala les grains jaunes avec avidité. Un bruit de galopade se fit entendre. La nuit était complètement tombée et, dans l'ombre, le petit marcassin distingua sept sangliers bruyants qui se jetèrent sur l'abondante céréale.

Deux d'entre eux s'approchèrent de Tom et le bousculèrent pour prendre sa place. Il recula, ne tenant pas à se faire mordre par ces gloutons. Il ne savait pas trop où aller, quand une lueur, en contrebas, balaya le paysage alentour.

C'était une voiture qui empruntait le petit chemin de la lisière. Avant de disparaître après le tournant, ses phares éblouirent Tom et éclairèrent un instant les bêtes qui se repaissaient du maïs qu'elles avait dévoré.

Le petit sanglier peinait à retrouver sa vision nocturne, trottinant de-ci de-là quand une forme noire à l'odeur familière le frôla. Il prit peur et fila mais la forme le rattrapa et le renversa, le léchant à grands coups de langue.

— Tom, mon petit Tom, est-ce toi ? dit une voix que Tom reconnut aussitôt.

Submergé par l'émotion, il se jeta contre sa mère et se frotta à elle.

— Mon petit Tom, comme tu as grandi, tu deviens fort ! Dans peu de temps tu seras une bête rousse ! dit-elle des larmes dans les yeux.

Elle continua en le léchant de nouveau :

— Que fais-tu par ici ?

— Je te cherchais maman ! J'ai longtemps erré dans la forêt. Je désespérais de te retrouver un jour !

— Rassure-toi, je suis là maintenant mais ne restons pas dans ce secteur, c'est trop dangereux !

— Mais regarde, on y trouve facilement de la nourriture !

— Justement, ils la mettent là pour nous attirer, puis quand nous sommes habitués nous restons dans le coin et les chasseurs arrivent pour nous tuer. Alors suis-moi. Je vais t'emmener dans une forêt privée où personne ne chasse.

Ils traversèrent le chemin qu'avait emprunté la voiture et filèrent droit devant.

Ils coururent toute la nuit à travers bois et prairies. De temps à autres ils s'arrêtaient pour se restaurer quand ils trouvaient à manger : champignons, glands, châtaignes, vers. Parfois ils se laissaient tenter par une poignée de maïs déposée à leur attention par des chasseurs.

Malgré sa fatigue, Tom était obligé de suivre. À tout moment, Zita revenait sur ses pas pour l'encourager et le pousser de son boutoir.

Ils avaient déjà parcouru beaucoup de distance quand, à travers la pluie qui n'avait cessé de tomber, l'aube se montra à l'horizon.

Il était temps pour eux de trouver une bauge pour se coucher. Zita explora le terrain alentour et choisit un roncier qui avait pris l'ascendant sur les ruines d'un vieux moulin. L'endroit était exempt d'appâts et de congénères

Ainsi, à l'abri d'un vent qui mordait, ils se laissèrent choir sur la mousse humide. Tom s'endormit aussitôt, pelotonné contre sa mère.

La journée fut des plus grises, à l'image de cette fin d'octobre.

Dès que le jour baissa, Zita réveilla son fils. Après un repas frugal arrosé de l'eau d'une flaque, ils repartirent au petit trot. Cinq nuits, ils allèrent par monts et par vaux vers une destination que seule Zita semblait connaître. Le paysage changeait constamment passant de bois et de landes à des terrains cultivés, des prairies ou parfois des zones habitées dont ils traversaient les jardins en déclenchant la colère des chiens.

Ils ne s'attardaient jamais pour ne pas se

mettre en danger. La course incessante de ces derniers jours avait renforcé les muscles de Tom qui devenait plus résistant et pouvait courir plus longtemps, heureux aussi d'avoir retrouvé sa mère.

Un matin, ils arrivèrent dans une forêt de pins et de sapins qu'il n'aimât pas du tout, à cause de son odeur et des aiguilles qui jonchaient le sol. Sous les branches d'un gros résineux à moitié arraché par la tempête, ils se couchèrent le ventre creux. En début d'après-midi, la faim les réveilla.

Zita entraîna Tom dans une friche marécageuse où abondaient des mollusques et batraciens. En bordure, des châtaigniers majestueux leur fournirent de quoi se sustenter et ils repartirent de plus belle. L'après-midi s'étirait comme les lambeaux de brouillard, masquant le paysage.

Le soir tombait quand ils arrivèrent en bordure d'une route. Zita la franchit rapidement alors que Tom s'attarda dans le fossé à retourner quelques mottes garnies de vers fort appétissants. Quand il leva la tête, sa mère avait déjà disparu de l'autre côté du virage.

Les phares d'une voiture qui se rapprochait balayèrent la route. Le jeune marcassin prit peur et traversa à la hâte. Le conducteur freina d'urgence, les pneus crissèrent mais le choc fut inévitable.

Tom sentit une vive douleur sur sa hanche droite et fut projeté dans le taillis, à moitié assommé par l'impact. Il était étendu sous les fougères et inconscient quand le conducteur, qui s'était arrêté un peu plus loin, revint à pied avec une torche électrique pour inspecter les lieux. Il fit des allers et retours le long du fossé mais ne trouva rien et repartit vers son véhicule.

Quelques minutes plus tard, tout redevint silencieux. Tom avait l'impression de flotter dans des nimbes gazeux quand il sentit une langue râpeuse lui lécher le museau.

Il revint à lui sous le regard affectueux de sa mère. Elle le poussa du boutoir pour le forcer à se remettre debout. Il y parvint et fit quelques pas. Sa hanche et sa tête le faisaient souffrir mais il n'avait rien de cassé. Il claudiquait un peu mais pouvait marcher. Sans doute avait-il eu plus de peur que de mal car une heure après il se remettait à courir. Cette expérience lui servirait de leçon et il se méfierait, à l'avenir, des véhicules en tout genre qui filaient sur les routes.

Au petit matin, ils arrivèrent dans une vaste chênaie, broussailleuse par endroits. Le jeune marcassin suivait, fourbu. Zita sembla reconnaître une combe qui jouxtait un ruisseau. Elle dévala la pente puis se dirigea vers un hallier sombre et touffu. Tapissé d'un épais lit de fougères sèches, il occupait une large surface le long d'un bois de chênes dominant la vallée. Ils s'y écroulèrent et s'endormirent derechef.

Zita avait emmené son fils dans cet endroit sécurisé pour reprendre des forces et s'alimenter mais ils ne devaient pas y séjourner car les bois alentour ne cachaient pas grand chose de l'activité de ses hôtes.

Dès le lendemain, les fortes gelées figèrent le paysage dans une étreinte glaciale, de telle sorte que les feuilles craquaient lors de leurs déplacements nocturnes. Ne pouvant plus rester discrets, ils repartirent.

Tom était heureux et suivait sa mère sans broncher. À l'aube, ils atteignirent une forêt presque à l'abandon et, par endroits, inextricable. Un véritable refuge car personne n'y chassait jamais. Pour Zita, ces bois représentaient un idéal de vie. Peu de ses congénères les connaissaient, bien trop éloignés de toute habitation et du précieux maïs dont ils raffolaient. Zita les méprisait car ils choisissaient la facilité sans se rendre compte du danger mortel de la chasse. La plupart était issue de croisements d'élevages, tandis qu'elle, elle appartenait à une lignée plus rustique et plus ancienne de sangliers noirs.

Dans la profondeur de cette forêt où elle se plaisait, elle n'avait que l'embarras du choix pour identifier le gîte parfait à tous points de vue. Elle jeta ainsi son dévolu sur une bauge, un peu en surplomb, offrant de nombreuses issues, au cas où.

C'est là qu'ils passèrent des jours tranquilles. Puis Tom se rendit compte, vers le début de décembre, que sa mère devenait nerveuse, préférant dormir à l'écart.

Depuis peu il avait forci et ne portait plus de rayures. Il était devenu ce que l'on nomme une bête rousse, et le resterait jusqu'à ses deux ans pour devenir ensuite une bête de compagnie, appréciant l'entourage de ses congénères. Tom n'en avait pas conscience et vivait son quotidien au jour le jour. L'attitude de Zita l'avait certes intrigué mais elle avait esquivé ses questions par des grognements un peu hostiles.

En fils bien élevé, il n'avait pas insisté mais il voyait bien qu'un changement s'était opéré. Il n'en éprouvait aucune amertume, simplement de la curiosité.

Puis, par une nuit très sombre, elle disparut. Tom ne s'en inquiéta pas, comprenant au fond de lui que ce départ était naturel. De petits flocons discrets commençaient à tomber et voletaient pareils à des papillons. Le jeune marcassin découvrit ce qu'était la neige. Il s'en étonna et contempla le spectacle, amusé.

Les heures passant, les flocons se firent de plus en plus drus et gros. Sur le tapis de feuilles du sous-bois la couche s'épaississait et il s'amusa à gambader dans cette nouvelle matière qui rendait l'environnement très silencieux.

Toute la nuit il battit le terrain pour se nourrir, parvenant à sentir ce qui se trouvait sous la neige, si bien que de nombreux glands et vers assouvirent sa faim.

Sur le matin, les arbres apparurent fantomatiques dans le silence. La visibilité n'était que de quelques mètres.

Tom se dirigeait vers sa bauge pour une longue journée de sommeil quand, dans son dos, il entendit comme un frottement.

Il se retourna vivement, prêt à fuir. Stupéfait, il resta là, incapable du moindre mouvement.

Dans la blancheur immaculée du paysage, se découpait la silhouette très noire du gros sanglier dont il avait croisé la route quelques semaines auparavant.

Pas un mot ne fut échangé. La bête énorme se rapprocha, et, derrière lui, Tom aperçut sa mère. À son tour elle vint à lui et dit :

— Tom, mon fils, il est temps que je te présente ton père !

— Salut fiston ! dit une grosse voix bourrue. N'est-ce pas toi qui te cachais sous le rocher et derrière les baliveaux lorsque je chassais le campagnol, voilà déjà quelques temps ?

Tom ne pipait mot, à la fois impressionné par cet hercule et bouleversé par des émotions contradictoires.

Le gros sanglier sourit, découvrant plus encore ses grès. Tom était pétrifié. Son père s'en rendit compte et vint frotter contre lui son groin dans une accolade toute paternelle.

— Tu sais Tom, tu vas devoir te débrouiller seul désormais. Ta mère et moi, devons partir mais je sais que tu es capable de vivre en solitaire. Ne te fie jamais à tes congénères qui n'aiment que le maïs et mènent grand tapage au péril de leur vie ! Ne les fréquente pas car la chasse les décime avant un âge vénérable. Tu seras fort mon fils, comme tous les mâles de notre famille. Notre devise a toujours été la discrétion et si tu suis ces préceptes, tu deviendras aussi vieux que moi.

Puis il ajouta :

— Ne fais confiance à personne ! Tiens-toi éloigné des routes et des villages. Voilà mes dernières recommandations. Tu es un bon fiston, ta maman m'a fait de nombreux compliments à ton sujet.

À son tour Zita s'approcha et posa, elle aussi, son groin sur la tête de Tom dans une caresse.

— Tu es presque adulte maintenant, lui dit Zita, et tu sens bien qu'il n'est pas naturel de continuer à vivre ensemble. Mais je sais que tu t'en sortiras toujours car tu as su démontrer ta grande intelligence voilà quelques mois en échappant aux chasseurs ! L'hiver commence et avec ton père, je vais avoir d'autres enfants, de jolis marcassins qui occuperont toute mon attention dès le printemps. Ici, la forêt est sûre, sans chasseur et sans chien mais souviens-toi que rien n'est jamais immuable, alors reste vigilent ! Adieu Tom !

— Adieu fiston et prends soin de toi ! reprit son père.

Les deux sangliers firent demi-tour et s'éloignèrent, épaule contre épaule, enveloppés par les flocons qui tombaient en abondance.

La gorge serrée, Tom les regarda partir puis disparaître derrière les arbres. Il n'avait pu dire un seul mot.

Il se secoua, croyant avoir rêvé, mais aux traces encore visibles, il comprit qu'il n'en était rien. Il resta ainsi pétrifié et gelé, la neige s'accumulant sur son dos.

L'aube commençait à blanchir l'horizon et au loin un coq annonça le lever du jour.

Il était temps pour Tom de se glisser dans sa bauge. Enfoui dans sa couche de fougères, il n'arrivait pas à trouver le sommeil. Il réfléchissait aux dernières minutes qu'il venait de vivre.

Le cœur gros et des larmes dans les yeux, il finit par s'endormir bien à l'abri dans son hallier impénétrable.

Désormais, l'avenir lui appartenait !

Compagnons d'infortune
(deux hérissons)

Un flash aveuglant claqua comme un drap qu'on déchire, cinglant le ciel. Les lourds nuages noirs pesaient sur l'environnement comme une menace. L'air épais et électrique sentait l'ozone.

Quelque chose d'inquiétant se préparait. La nature se taisait, opprimée par la chaleur et la touffeur de l'air. Un nouvel éclair zébra le ciel accompagné d'un bruit de déflagration.

De grosses gouttes s'écrasèrent alors sur le bitume d'une route. De plus en plus drues, elles formaient comme un rempart quasi infranchissable. L'averse, entrecoupée par les grondements du tonnerre, noyait la végétation dans un tourbillon diluvien.

Flore et faune, qui peuplaient l'univers d'un petit chemin tracé entre deux haies vives, goûtaient l'effet bienfaisant de l'ondée, après des jours de chaleur. Des noisetiers, églantiers, buissons noirs, sureaux et ronces entouraient quelques chênes, frênes ou arbres fruitiers. Dans les fossés s'épanouissaient renoncules, myosotis, oseille, menthe sauvage et orties.

De part et d'autre de la partie herbeuse du chemin couraient les marques en creux du passage des véhicules agricoles qui avaient érodé le sol jusqu'à y créer par endroit des ornières.

Avec la pluie battante s'étaient formées de petites mares ou des zones ravinées, dont la terre entraînée plus loin, laissait apparaître les cailloux.

Dans un repli du terrain, bien à l'abri sous les buissons, couché sur un matelas de feuilles mortes et sèches dormait Rubinho, un hérisson. À peu de distance du fossé le plus proche qui n'évacuait plus l'eau tombant en abondance, il semblait ne rien entendre.

Un coup de tonnerre plus violent finit par le réveiller mais il goûtait paresseusement le bienfait de sa sieste. Il remit son museau entre ses cuisses, poussa un profond soupir et replongea dans son sommeil.

Quand l'eau du fossé atteignit son gîte, il réalisa enfin le danger et se mit sur ses pattes. Humant de son petit groin l'eau qui détrempait sa couche, il la quitta en toute hâte. Sur les pierres du vieux mur qui longeait le chemin il regarda, effaré, le niveau de l'eau qui ne cessait de monter. Inquiet et ne sachant où aller il demeurait là, prostré dans la contemplation du déluge. Son cœur battait la chamade.

Tout à coup la pluie cessa et le grondement du tonnerre s'éloigna. La végétation s'égoutta. Rubinho leva le nez et renifla l'air. Le calme revenu le rassura, mais un coup d'œil en contrebas lui confirma que son nid de feuilles était inutilisable et le serait pour longtemps.

Les oiseaux se remirent à pépier gaiement. La fauvette, le rouge-gorge et la mésange charbonnière fêtaient cette fin d'orage par des trilles mélodiques, tandis que le merle se gavait de vers de terre que l'averse avait chassés de leur galerie.

L'accalmie ne dura pas et avant que le soleil ne refasse son apparition, de lourds nuages encombrèrent de nouveau le ciel.

Rubinho regarda à droite et à gauche mais ne vit rien qui puisse remplacer son repère. Aussi, il s'en fut de son petit pas, le nez au sol, à la recherche d'un passage sec. Relevant la tête au mauvais moment, une grosse goutte en équilibre sur une feuille lui glissa sur le museau. Il n'apprécia pas la plaisanterie et se secoua promptement. Il n'aimait pas l'eau, c'était un fait.

Son estomac le tiraillait et il se mit en chasse de grosses limaces ou de quelques escargots et coléoptères. Il en salivait déjà mais sa distraction fut de courte durée. La pluie recommença à marteler le feuillage.

Rubinho quitta le sommet du muret et fila se réfugier sous une feuille de rhubarbe qui avait poussé en contrebas, dans un jardin abandonné. Mais le hérisson était trempé et sous son auvent végétal régnait une chaleur moite.

De l'autre côté, dans le fossé, le niveau de l'eau montait toujours, s'infiltrant graduellement dans le mur de pierres sèches.

Rubinho n'en menait pas large. Il craignait que la grêle qui venait de s'ajouter au mauvais temps ne perce la feuille qui lui servait d'abri et qu'il se retrouve à nouveau trempé.

Il pestait intérieurement. Mais que pouvait-il faire ? Rien, assurément. Tapi sous sa bâche il patientait lorsque deux brins d'herbe, à portée de son museau, s'écartèrent pour livrer passage à un gros lombric fuyant la noyade. Il se jeta sur l'intrus et le dévora goulûment. Dans l'attente d'un bon repas, c'était déjà ça de pris !

Le martèlement de la pluie continuait. Sous le poids de l'eau, la feuille de rhubarbe pencha et déversa une cataracte qui inonda son abri. Mais il resta là, stoïque, dégoûté par cette humidité envahissante.

Dans le fossé, l'eau était montée à son maximum et la pression avait couché les herbes qui obstruaient l'écoulement. Le fossé s'était vidé comme un siphon, emportant tout sur son passage.

Toujours sous sa feuille, Rubinho réfléchissait à un autre refuge pour replonger dans le sommeil en attendant la nuit. Il lui fallait un endroit sec et confortable mais il n'en trouverait aucun sous les buissons détrempés et fouettés par l'averse.

Le ciel était si obscur qu'on aurait dit que le soir tombait. Rubinho pensait à la chasse mais avec ce temps-là il lui était impossible de quitter son refuge. Un chatouillis dans son museau le fit même éternuer. À coup sûr il allait s'enrhumer avec toute cette humidité !

Il attendit ainsi un long moment. La pluie finit par se calmer et un vent léger secoua les buissons qui se délestèrent de leur trop-plein d'eau, douchant au passage Rubinho qui venait de mettre le nez dehors. Il se secoua frénétiquement et partit en quête de nourriture.

Les limaces étaient de sortie et il s'en gava. Ce petit jardin en friche représentait un terrain de chasse idéal pour un hérisson mais il lui fallait maintenant digérer au sec et attendre la nuit.

Or, il savait qu'une cabane à outils était cachée sous un gros pommier, à proximité, et qu'elle ferait l'affaire même s'il n'en avait jamais exploré l'intérieur.

Il se faufila sous les ronces, les herbes folles et les arbustes et dénicha la construction de planches. Un gros cadenas en condamnait la porte, aussi il lui faudrait trouver une autre issue.

Le toit s'égouttait directement par terre et il évita de se faire mouiller une deuxième fois en contournant la cabane. À l'arrière, une planche rongée par un champignon présentait une faille. Le hérisson s'approcha et engagea sa tête dans l'ouverture. Sous la poussée, un morceau pourri se détacha, libérant le passage.

Avant d'entrer, il renifla l'air qui sentait le renfermé et un peu la moisissure. Le sol était poussiéreux, en terre battue. De ses petits yeux vifs, il fit le tour du propriétaire rempli de toiles d'araignée. À certains endroits le sol était jonché de débris de toutes sortes : paille, foin, feuilles de poireaux séchées, fanes de carottes que le vent avait dû glisser sous la porte.

Humant de nouveau l'air et ne relevant rien

d'inquiétant il se chercha un endroit agréable.

Des outils de jardin et un motoculteur occupaient la majeure partie du cabanon. Pas facile de se ménager un espace pour dormir mais ici, au moins, il ne se mouillerait pas !

Il repéra un tas de feuilles qui ferait son affaire, coincé entre la paroi et une bêche. Il serait ainsi caché par l'outil aux yeux d'un visiteur éventuel. Il se laissa choir, s'enroula en boule et sombra dans un sommeil profond.

Au dehors, le soir tombait et la pénombre envahissait le petit jardin. La nuit allait étendre sur cet environnement son manteau d'obscurité. Après des jours d'une sécheresse intense, l'humidité était partout et réveillait la nature engourdie par la chaleur.

Rubinho dormait profondément quand des gouttes d'eau frappèrent les tôles de la toiture. La pluie reprenait, moins violente que la précédente mais tenace. Le hérisson ouvrit un œil pour la forme. Il avait bien mangé et pouvait patienter avant de se remettre en chasse. Aussi, se rendormit-il avec un sentiment de bien-être, même si sa couche n'était pas des plus moelleuses.

Une heure plus tard, il s'éveilla en sursaut. Une sorte de frottement et de reniflement l'alerta.

Il lui sembla qu'un animal en chasse faisait le tour du cabanon, comme un renard. Il avait déjà eu affaire à ce prédateur et le craignait. Son réflexe de se mettre en boule rapidement l'avait sauvé. Le renard l'avait retourné de toutes les façons possibles mais le hérisson, tétanisé par la peur, était resté bien compact, tous les piquants de son dos dardés. Le vaurien lui avait même uriné dessus pour le faire sortir de sa position de défense.

Rubinho n'avait pas bougé, fermant bien les yeux et la bouche à cause de l'acidité de l'urine qui s'était malgré tout infiltrée dans ses oreilles et ses narines. Trente longues minutes pendant lesquelles il avait tenu bon. Enfin lassé, le renard était allé chasser une proie plus accessible.

Cette nuit, Rubinho n'avait pas peur. Il s'agissait bien d'un renard, mais il savait qu'il ne pourrait arriver jusqu'à lui, même s'il avait trouvé le trou dans la planche. Il y avait engagé son museau mais le reste de sa tête ne passait pas. Pourtant il mordit l'endroit où la planche était pourrie et un autre bout se détacha. Il essaya encore de se faufiler mais un clou qui pointait le piqua sous l'oreille. Il s'acharna, grattant furieusement le sol de ses deux pattes avant, mais contre le clou il ne pouvait rien. Glapissant de dépit, il finit par abandonner.

Rubinho savait qu'il reviendrait et qu'il lui faudrait redoubler de vigilance pour ne pas se faire surprendre. Mais il était confiant : l'ouverture était très étroite et le renard ne pourrait jamais passer, le reste de la construction étant trop solide. Alors il se rendormit, bercé par le bruit de l'eau qui ruisselait tout autour du cabanon.

Bien plus tard, il s'éveilla de nouveau. La pluie avait cessé et la nuit était calme.

Il était temps pour lui de retourner chasser. Avec d'infinies précautions, il renifla l'atmosphère humide du dehors et, rassuré par l'immobilité de l'air et des alentours, il se décida à sortir.

Il retourna près du vieux mur, le nez au sol. Il aimait beaucoup ces gros lombrics qui prenaient le frais, à moitié sortis de leur galerie après une averse. Il en dévora avec avidité quelques-uns avec un grand bruit de mastication. Puis l'estomac plein, il fit une petite promenade digestive sous les rayons de la lune blafarde. Il leva le nez et de ses petits yeux noirs fixa l'astre lumineux un long moment quand, dans le buisson voisin, un bruit de succion attira son attention.

Il s'approcha en douce et tomba nez à nez avec l'un de ses semblables qui se restaurait goulûment. Rubinho hérissa ses aiguilles, prêt à l'attaque mais l'autre continuait son repas, nullement intimidé. Rubinho émit alors un son rauque censé effrayer son adversaire mais ce dernier n'en fit aucun cas, trop occupé à manger sa poire.

Devant tant de passivité Rubinho se détendit et resta un moment à l'observer. Soudain il le reconnut ! C'était Niglou, un voisin et ami de longue date. Les années passant ils s'étaient perdus de vue, mais que faisait-il sur ses terres ? Rubinho le regarda se goinfrer et s'éloigna sans mot dire. Il le savait taciturne mais gentil. À bien y réfléchir, sa présence sur son territoire et son appétit d'ogre suscitaient de nombreuses interrogations. Niglou n'avait jamais empiété auparavant sur son terrain de chasse, il s'était donc passé quelque chose de grave pour qu'il se soit réfugié là. Bien décidé à éclaircir ce mystère, Rubinho décida d'aller voir ce qui se passait chez son voisin.

Il suivit donc le mur jusqu'à la barrière du jardin et franchit les deux haies qui longeaient le chemin. De l'autre côté, un petit pré filait en pente douce. Il ne s'y attarda pas, craignant les prédateurs toujours en maraude la nuit. Au bout, une clôture lui barra le chemin. Il passa entre les mailles du grillage et se retrouva sur une route goudronnée qu'il traversa de toute la vitesse de ses petites pattes. Il ne reconnut pas l'endroit. Il leva le museau pour renifler et sentit une odeur de terre fraîche. Un gros tas recouvrait une partie du champ. Il le contourna et vit un trou énorme de forme rectangulaire où stagnait une flaque d'eau dans laquelle se reflétait la lune. Que s'était-il passé ? Qu'étaient devenus le vieux châtaignier et la demeure de Niglou aménagée entre ses racines émergentes ? Un abri parfait, hiver comme été.

Rubinho contemplait ce désastre. Un engin monstrueux était garé là. Il se glissa dessous, les oreilles aux aguets, prêt à se mettre en boule au moindre danger. Au coin de la machine, il s'aplatit. Une ombre suivait sa trace. Il avait envie de déguerpir, mais pour aller où ?

Son cœur battait fort. Se sentant observé, l'intrus s'était arrêté et levait le nez pour renifler l'air. Rubinho respira un bon coup. Ce n'était que Niglou ! Sans trop savoir pourquoi Rubinho ne résista pas à l'envie de lui faire une farce. Aussi grimpa-t-il sur le tas de terre pour lui rouler dessus. Apeuré, l'autre se mit en boule instinctivement.

— N'aie pas peur Niglou, ce n'est que moi, Rubinho !

— T'es complètement fou ! J'aurais pu mourir de frayeur, grogna-t-il, maussade.

Robinho s'excusa et voulut savoir ce qui était arrivé à son logis et pourquoi il venait se goinfrer chez lui.

— C'est une longue histoire, dit l'autre. Je vais te raconter mais ne restons pas là à découvert.

Ils se glissaient dans la pénombre de l'engin de chantier lorsqu'une forme apparut le long de la haie. Rubinho scruta la nuit à peine éclairée par la lune. La forme avait le nez au sol et reniflait les effluves qui s'y étaient déposées. Ils reconnurent la silhouette d'un renard et se turent d'instinct. Aplatis au sol et inquiets, ils observaient.

Tout à coup le renard bondit et saisit dans sa gueule une proie qui s'échappa. Il tenta de la rattraper mais la manqua de nouveau. Grattant furieusement le sol de ses pattes il dégagea l'herbe et tira enfin un campagnol qu'il croqua. Satisfait, il repartit en direction de la route.

Niglou attendit encore un bon moment avant de commencer son récit.

— Tu vois ce trou, dit-il. C'est pour construire une maison.

Cela faisait près de quinze jours qu'une camionnette était venue près de son châtaignier et que deux hommes en étaient descendus avec une tronçonneuse. Les chiens qui les accompagnaient l'avaient immédiatement flairé et s'étaient mis à aboyer mais leurs maîtres les avaient chassés, sans doute pour pouvoir travailler au calme.

— Alors je n'ai pas bougé. Ils ont coupé des branches et sont repartis. Je pensais qu'ils étaient simplement venus élaguer l'arbre, alors je me suis rendormi.

Niglou poussa un gros soupir puis continua, plus bas :

— Malheureusement ils sont revenus l'après-midi. Toujours accompagnés de leurs chiens qui aboyaient après moi comme des forcenés, ils se sont remis au travail. Un peu plus tard une femme les a rejoints. Un jeune enfant l'accompagnait. Je voyais bien qu'elle faisait de grands gestes de la main pour désigner le terrain tout autour mais je ne comprenais toujours pas.

Il s'arrêta un moment.

— Et après ? insista Robinho, que s'est-il passé ?

— Le jeune enfant s'approchait des racines avec une petite baguette qu'il enfonçait dans les trous. Il a même failli me crever un œil ! Je ne pouvais plus rester ici. Alors je me suis éclipsé discrètement vers la haie et me suis terré dans le fossé jusqu'à la buse, sous l'entrée du champ.

Le fossé était sec et il était à l'abri pour un

moment. Bien sûr il n'avait pas le confort et ça sentait la vase.

Il se tut de nouveau pour reprendre son souffle.

— Puis les chiens ont recoupé ma trace et ont fait le siège de mon abri toujours en aboyant de colère.

Une chouette hulula non loin de là. Ils écoutèrent le silence de la nuit. Des bruissements dans l'herbe leur firent lever le nez mais ils n'identifièrent rien de menaçant.

— Je suis resté tout ce temps dans la buse, reprit Niglou. Je ne sortais que le soir pour explorer mon domaine.

Puis il expliqua qu'après avoir coupé toutes les branches de l'arbre, les hommes l'avaient abattu et que cet engin, arrivé en début de semaine, avait fini par arracher la souche.

— Ensuite ils ont creusé ce trou, dit-il. Je pense que c'est pour construire une maison. J'ai déjà vu cela il y a un ou deux ans.

Et instantanément cet orage a rempli le fossé et son abri a été inondé.

— Je ne pouvais plus rester là, alors j'ai tout quitté et c'est pour ça que tu m'as trouvé chez toi trempé et affamé. Excuse-moi de ne pas t'avoir demandé la permission !

— Bah, ce n'est pas grave, mais maintenant que vas-tu faire ?

— Je ne sais pas, je n'ai plus de logis pour l'hiver.

— Le mien aussi a été inondé mais j'ai trouvé refuge dans une vieille cabane de jardin sans aucun confort.

Ils se turent. Au bout du pré, le renard venait de refaire son apparition. Il s'approcha de l'engin de chantier, renifla la grosse roue et l'aspergea de son urine. Dans le terrain en contrebas un glapissement se fit entendre. Il répondit brièvement puis fila à toutes pattes rejoindre son congénère. Les deux amis se regardèrent angoissés.

— Il ne faut pas rester là, cela devient dangereux, dit Rubinho. Sortons d'ici avant qu'il nous trouve. Suis-moi !

Malgré leurs petites pattes, ils décampèrent au plus vite et traversèrent la route au galop. Dans le fossé ils s'arrêtèrent tout essoufflés. Niglou regarda en arrière et fut aveuglé par les phares d'une voiture qui arrivait dans un vrombissement infernal, tandis que Rubinho poursuivait son chemin. Arrivé à la barrière du jardin, il s'arrêta pour attendre son ami mais vit une forme noire qui fondait sur lui. Par réflexe, il se glissa dans l'entrebâillement du portail. La forme noire se trouva bloquée en essayant de le suivre mais parvint à contourner l'obstacle en sautant le vieux mur. À l'odeur, Rubinho reconnut un renard et se roula en boule par précaution. Il attendit sans bouger, en posture de défense. Le renard le renifla, essaya de le saisir mais se piqua les babines et recula. Avec sa patte il voulut le faire rouler mais les piquants l'en dissuadèrent. Il tourna autour de Rubinho puis, agacé par cette carapace insolite, il s'éloigna sans insister davantage.

Le hérisson se détendit, renifla l'air ambiant et revint vers la barrière. Un frottement léger et assez caractéristique lui indiqua que son ami Niglou arrivait.

— Mais qu'est-ce que tu as fabriqué ? En t'attendant j'ai failli me faire dévorer par un renard !

— Après avoir traversé la route, une voiture m'a ébloui avec ses phares et j'ai dû rester un petit moment dans le fossé avant de retrouver ma vision normale. J'ai vu le renard. Il est passé près de moi mais ne m'a pas remarqué. Sans doute t'avait-il repéré plus bas.

Niglou suivit Rubinho dans le jardin. Ils se glissèrent dans le cabanon par l'ouverture dans la planche.

— Tu vois, ce n'est pas le grand luxe mais

jusqu'au printemps tu pourras loger ici, dit le maître des lieux. Nous avons assez de place pour deux.

— Merci mon ami, tu me sauves !

L'été finissait doucement et trouver un abri pour l'hiver était primordial.

Niglou s'aménagea un petit endroit entre deux parpaings derrière le motoculteur tandis que Rubinho, roulé en boule et épuisé par toutes ces émotions, sombrait dans le sommeil derrière sa bèche.

Les deux amis dormaient à poings fermés lorsque le soleil fit son apparition.

Pour eux la vie continua, nuit après nuit, vaquant à leurs occupations nocturnes qui consistaient à se gaver de nourriture. Les semaines passèrent. Quand les premières gelées blanchirent l'herbe, ils étaient gras et dodus. Les jours raccourcissaient et les frimas de novembre annonçaient l'hiver. Des feuilles s'étaient agglutinées contre la cabane. Préparant leur hibernation, ils charrièrent tout ce qu'ils purent pour se faire une couche moelleuse, chacun la sienne. Malheureusement il n'y en avait pas assez pour s'enfouir dedans et ils n'avaient plus le courage de les ramasser, d'autant qu'elles étaient trempées et se collaient entre elles.

Mi-décembre, par un jour froid et sec, un véhicule équipé d'une remorque s'arrêta devant la barrière. Un homme et un enfant en descendirent. Ils firent le tour du jardin et marchèrent jusqu'au cabanon. L'homme sortit de sa poche la clé du cadenas et la porte s'ouvrit dans un grincement de gonds. La lumière du jour éclaira l'appentis. L'homme attrapa le motoculteur et commença à le tirer vers l'extérieur.

— Aide-moi, Timéo, tiens la porte bien ouverte !

Il l'approcha de la remorque dont il fit basculer l'arrière pour le charger.

Le petit garçon qui furetait dans la cabane s'écria tout à coup :

— Papa, viens voir ce que j'ai trouvé. Il y a deux bêtes pleines de piquants !

— J'arrive, ne touche à rien !

Le petit garçon montra à son père Rubinho et Niglou qui dormaient profondément, l'un derrière sa bêche, l'autre caché par son parpaing.

— C'est quoi papa ?

— Tu vois, Timéo, ces deux petits animaux sont des hérissons endormis pour l'hiver, mais d'habitude ils s'enfouissent dans un tas de feuilles ! Apparemment ils n'en ont pas trouvé beaucoup, alors si le froid se fait plus vif ils risquent de mourir.

— C'est triste, papa. On peut peut-être faire du feu pour les réchauffer ?

— On va simplement les recouvrir de feuilles. Ça les tiendra au chaud tout l'hiver. Allez, aide-moi ! Apporte-moi des feuilles bien sèches que tu trouveras dehors.

Pendant ce temps-là, l'homme fit, avec les parpaings qui étaient là, un petit enclos ouvert sur le devant pour chaque hérisson d'une hauteur de quarante centimètres. Il ne restait plus qu'à les remplir de feuilles.

— Voilà, papa !

— Pose-les sur les hérissons jusqu'en haut des parpaings. Comme ça ils n'auront pas froid.

— Mais ils ne vont pas pouvoir respirer ? s'inquiéta Timéo.

— Mais si ! Dans la nature ils s'enterrent dans les feuilles qui les protègent du froid et, si le temps se réchauffe, ils pourront sortir sans souci.

— Et si le froid revient ?

— Eh bien ils regagneront leur abri de feuilles ! sourit le papa attendri.

Le petit garçon remplit consciencieusement les enclos de feuilles pendant que l'homme faisait grimper le motoculteur sur la remorque. Il referma l'arrière et arrima l'engin avec des sangles.

— Tu as bientôt terminé fiston ?
— Presque, papa. Je ne voudrais pas qu'ils aient froid !

Timéo faisait son travail avec application. Les tas de feuilles dépassaient largement le dessus des parpaings.

— C'est bon mon grand, tu as bien travaillé !

Satisfait de lui, l'enfant mit les mains sur ses hanches et contempla son oeuvre.

— Mais papa, comment font-ils pour sortir de la cabane si on ferme la porte ?

— Eh bien comme ils ont entrés ! Sûrement par une brèche dans les planches. Bon allez, on s'en va. Il ne faut pas les déranger.

L'homme referma soigneusement la porte avec le cadenas puis tira la barrière comme elle était avant leur visite.

Ils remontèrent en voiture et s'éloignèrent.

Le calme revint dans le secteur et la cabane retrouva sa quiétude.

L'hiver pouvait venir, nos deux amis étaient bien au chaud. Le brouillard n'attendit pas pour tout envahir, et quand la nuit tomba un épais coton masquait le petit jardin et sa cabane.

Une épargne bien mal gérée
(un écureuil)

Ce matin-là, la forêt avait un aspect tout à fait singulier. Un épais brouillard nappait le sous-bois, donnant aux arbres une allure fantomatique.

Tout en haut d'un sapin, à l'extrémité d'une branche particulièrement touffue, un jeune écureuil venait de s'éveiller, tiraillé par son estomac qui criait famine.

Ahuri et inquiet, il regardait autour de lui, stressé par l'aspect qu'avait pris son environnement immédiat. Il ne le reconnaissait plus. Ses parents ne lui avaient jamais parlé de ce qu'il voyait à cet instant.

Avec le dos de sa patte de devant il se frotta les yeux, pensant que cela venait peut-être de lui, mais en vain. Alors il resta là, sans bouger, dans cette brume cotonneuse qui montait du sol.

Jacquet était le plus petit et le plus filiforme de la portée, le plus timide aussi mais le plus réfléchi. Seule l'une de ses oreilles possédait en son sommet un toupet de poils, lui donnant l'air d'un penseur toujours occupé à cogiter.

Ses frères et sœurs le taquinaient souvent lors de leurs jeux d'équilibristes dans les branches du sapin qui avait abrité le nid familial. Ils le trouvaient peu hardi et souvent hésitant à se lancer de branche en branche.

Pourtant Jacquet n'était pas un couard et sûrement pas un écervelé, mais il avait retenu les leçons de ses parents sur les aléas qui pouvaient exister à l'extérieur du nid. C'était un écureuil circonspect et toujours méfiant, marqué à jamais par la chute de l'un de ses frères qu'une marte avait dévoré d'un coup de dent.

Depuis, il possédait un sixième sens en matière de danger, ce qui lui avait bien souvent évité des situations fatales.

Ce matin, il ne sentait pas de menace particulière mais cette humidité et cette blancheur le terrorisaient. Sa vue, pourtant excellente, s'en trouvait limitée.

Il aurait bien aimé descendre de l'arbre ou explorer les branches à la recherche de délicieux pignons mais il craignait de s'engager dans une aventure qu'il jugeait périlleuse, en raison du peu de visibilité. Sur les feuilles et les aiguilles qui tapissaient le sol, le goutte à goutte des végétaux saturés d'eau produisait un petit « ploc » régulier.

Il guetta et surveilla pendant des heures ce qui se passait au bas de l'arbre. Le jour était à peine levé lorsqu'il avait vu et entendu une forme noire, apparemment en quête de nourriture. Il s'était rassuré en pensant qu'il s'agissait d'un sanglier fouissant les feuilles à la recherche de glands ou de faînes et même si des grognements avaient confirmé sa présence, Jacquet n'avait pas été incité à descendre. Il avait attendu avec patience : un euphémisme pour un écureuil !

Trois heures s'étaient écoulées. Le regard de Jacquet se porta plus loin et il en ressentit soudain un grand soulagement : un rayon de soleil déchirait les lambeaux de brume qui s'accrochaient encore par endroits. Puis le brouillard disparut complètement, comme effacé par une main invisible. Les couleurs de la forêt éclatèrent en une brillance presque magique sous un soleil radieux et un ciel pur.

Le vert, le jaune, le rouge et le marron se mêlaient dans une myriade de tons, tous aussi éclatants dans cet automne qui s'avançait. En haut d'un grand bouleau, un rouge-gorge égrena ses trilles mélancoliques tandis qu'en s'étirant Jaquet déroulait au-dessus de sa tête, en un panache parfait, sa queue rousse bien fournie. Il était prêt pour aller déjeuner.

    Avec circonspection il descendit à terre, étudia les environs et se mit en quête de faînes, glands, champignons ou pignons de pin. Vif comme l'éclair et heureux d'avoir retrouvé son environnement habituel, il se déplaçait d'un point à un autre avec agilité.

    Le brouillard l'avait quelque peu déstabilisé mais tout était rentré dans l'ordre et il grignotait à présent un gland quand il aperçut dans son large champ de vision une forme ondulante. Il disparut immédiatement derrière le tronc le plus proche pour l'observer. À une quinzaine de mètres il reconnut Mousty, la belette, qui habitait un tas de pierre de l'autre côté du bois, dans les ruines d'une masure. Elle venait à lui d'un air engageant mais elle était capable de lui sauter au cou pour le saigner. Comme tous les membres de la famille des mustélidés elle aimait le sang et Jacquet le savait. Aussi, il lâcha son gland et grimpa de toute urgence dans l'arbre qui le cachait. Du haut de son perchoir, il l'observa. Elle approchait doucement en reniflant le sol et en jetant des regards de droite et de gauche.

Elle sentit le gland et devina la présence de celui qui l'avait rongé. Aussi, elle leva son petit museau noir vers le haut de l'arbre en se dressant sur ses pattes de derrière. Elle savait que Jacquet était là-haut mais n'avait pas envie de le poursuivre dans les branches. À ce jeu-là il était à son avantage. Sa force à elle, vu son petit gabarit, était de surprendre ses proies au moment où elles s'y attendaient le moins et ne pouvaient ni se défendre, ni s'enfuir.

Jacquet vit disparaitre son ennemie au loin dans le sous-bois et attendit quelques instants avant de redescendre.

Sa peur était de tomber nez à nez avec l'une de ces petites créatures, marte, fouine, belette ou même renard. C'était pour cela qu'il restait en mouvement, l'œil aux aguets et la queue en panache toujours prête à équilibrer un saut ou servir de trompe-l'œil lors d'une fuite éperdue.

Au bas de l'arbre il retrouva son gland mais il n'avait plus envie d'y toucher, tout imprégné qu'il était de l'odeur fauve de la belette. Il poursuivit alors sa quête de nourriture jusqu'à ce qu'il se sente épié. Il avait appris à écouter son instinct malgré sa jeunesse et grimpa aussitôt au sommet d'un épicéa pour apprécier les alentours.

Personne, apparemment, n'était en vue. Il tendit l'oreille lorsqu'un bruit d'aile discret troubla le silence. C'était son voisin le geai qui le suivait d'arbre en arbre pour lui voler ses provisions. Cet oiseau pique-assiette espionnait systématiquement les écureuils pour voir où ils cachaient leur nourriture. Il était difficile de le semer. Il surveillait tout le monde mais son cri tonitruant avertissait également de l'approche discrète de prédateurs. Aussi, en contrepartie de ses services de guetteur, Jacquet se laissait piller quelques caches mais devait ruser pour lui soustraire ses réserves. Il redescendit donc du sapin où le geai s'était perché et fit mine d'enterrer quelques denrées, sachant que son voleur se précipiterait sur sa cachette pour la dévaliser dès qu'il aurait le dos tourné.

Tandis que l'écureuil grimpait dans un autre chêne, le geai plongea en effet vers la cache après avoir inspecté les environs. Dépité de ne rien trouver il remonta dans l'arbre, mais replongea aussitôt pour une deuxième inspection.

Pendant ce temps, Jacquet avait gagné un bois d'épicéas qui offrait de quoi manger. Floué, le geai était de méchante humeur et laissait aller sa colère et sa frustration en poussant d'aigres cris rauques auxquels une corneille répondait en se moquant. Il devait se rendre à l'évidence : Jacquet l'avait trompé. Il effectua des cercles concentriques au-dessus de la forêt pour retrouver l'écureuil puis alla se nourrir dans un égrainoir à faisans, plus facile d'accès. Mais il se vengerait et finirait par lui prendre ses graines !

Depuis la fin de l'été Jacquet était occupé à faire provision de nourriture pour l'hiver qui s'annonçait, remplissant de nombreuses caches dans les troncs ou les racines des arbres.

Mais il avait beau amasser noix, fèves, faînes, noisettes et graines diverses, toutes aussi nourrissantes les unes que les autres, il ne se souvenait jamais très bien de l'endroit où il les avait entreposées et perdait beaucoup de temps à les rechercher. Un jour, alors qu'il s'apprêtait à ajouter un gland dans la fourche creuse d'un vieux chêne qu'il croyait avoir déjà pourvu du produit de ses récoltes, l'un de ses frères en sortit en trombe, effrayé par son arrivée.

Après des conciliabules des plus agressifs auxquels s'ajoutèrent force menaces et gestes équivoques, le dit-occupant lui intima l'ordre de partir sur le champ, affirmant qu'il se trouvait sur sa propriété.

Jacquet, qui ne cherchait jamais querelle, s'en alla les oreilles basses, persuadé pourtant que cet abri était le sien. Mais il oublia vite l'incident et se remit à l'ouvrage. Au fond de lui une sourde inquiétude le taraudait. Comment se faisait-il qu'il n'arrivait jamais à se rappeler où il cachait ses provisions ? Ses parents lui avaient bien enseigné quelques méthodes mais il les avait oubliées. Il lui était même arrivé de stocker des noisettes au pied d'un arbre, ne trouvant aucune autre cachette, et d'être complètement démoralisé lorsqu'un promeneur, s'esclaffant à la vue de son tas, l'avait ramassé. L'humain lui faisait peur et il se tenait à distance.

Il continua néanmoins d'amasser tout ce qu'il trouvait de comestible, habité par un sentiment d'urgence. Il sentait que l'hiver approchait et avait l'impression de n'avoir jamais assez de provisions. Alors, inlassablement, il parcourait jardins, vergers, champs et bois sans ménager sa fatigue.

Jusque-là il n'avait pas fait de mauvaises rencontres, hormis une voiture qui l'avait frôlé lors de la traversée d'une route. Le bruit du moteur l'avait d'ailleurs beaucoup plus effrayé que le risque de l'accident.

Pauvre Jacquet ! La nuit le surprenait souvent

alors qu'il était encore en plein travail. Aussi, il montait dans les hautes branches et se cachait dans le creux d'un arbre pour y dormir et prendre un repos bien mérité.

Il lui arrivait quelquefois de faire des cauchemars comme un jeune enfant. Alors il s'éveillait tremblant et trempé de sueur, l'esprit en déroute.

Une fois, il était allé visiter un jardin près d'une ferme abandonnée où un gros noyer dispensait ses noix à qui voulait les prendre. Jacquet avait fait de nombreux trajets pour les entreposer dans un ancien nid de pic noir. Le crépuscule s'avançait et il avait l'intention de s'arrêter pour la journée, lorsqu'une fouine, surgissant devant la grange, lui était tombée dessus. Il s'en était suivi une fuite éperdue où l'écureuil avait redoublé d'énergie, appliquant toutes les astuces de son répertoire pour échapper à son prédateur.

La poursuite avait duré plus d'une demi-heure à monter dans le noyer, à se laisser glisser le long du tronc, à remonter dans un sapin, à se cacher à l'extrémité des branches… mais sans cesse la fouine le dépistait. Alors il reprit sa course effrénée et comme il commençait à fatiguer, il traversa tout droit en terrain découvert jusqu'à ce qu'une route lui barrât le chemin.

Il se retourna et vit la fouine qui fonçait sur lui. Une voiture arrivait et Jacquet traversa aussi vite qu'il put. La fouine s'engagea à son tour. Indifférente à la lumière des phares, et trop absorbée par sa chasse, elle se fit percuter par le véhicule.

Réfugié dans la haie qui bordait la route, le jeune écureuil haletait, épuisé d'avoir tant couru. Son cœur battait la chamade. À travers une trouée, il guettait pour savoir où se trouvait celle qu'il fuyait mais aucun mouvement ne l'alerta. Puis son regard s'arrêta sur une forme sombre étendue sur le bas-côté. La nuit tombait et il ne voyait plus très bien les détails. Une voiture, passant à cet instant, illumina la chaussée et le corps de son ennemie. Elle était morte ou semblait l'être.

Jaquet s'en réjouit et se hâta vers ses pénates. Il redoutait toujours cette heure-là, propice aux mauvaises rencontres. L'aventure lui servirait de leçon. Il savait que de nombreux dangers rôdaient aux alentours des fermes, même abandonnées.

Trop épuisé pour aller plus loin il inspecta le premier sapin venu et y grimpa pour s'installer, comme à son habitude, au bout d'une branche touffue. Il savait que si un prédateur y marchait elle bougerait suffisamment pour le réveiller à temps et lui permettre de fuir. Il sombra dans un sommeil profond sans rêve.

Le lendemain, lorsqu'il ouvrit les yeux, le jour était levé déjà depuis un moment sur un ciel plombé. La température avait baissé pendant la nuit, aussi se mit-il en quête de nourriture et il se dépêcha car le ciel l'inquiétait. Il annonçait la neige et les prémices de l'hiver.

Le nid confortable qu'il s'était construit au faîte d'un sapin pendant l'automne avait été détruit par une violente tempête. Il était vaste pourtant, environ cinquante centimètres de diamètre. Jaquet avait travaillé d'arrache-pied pour en tresser la forme ronde avec des petites branches et des brindilles et en tapisser l'intérieur de mousses et d'herbes sèches. Il avait même veillé à en orienter l'entrée vers le bas pour le soustraire à la pluie, mais il n'avait pas pensé qu'un coup de vent le jetterait au pied de l'arbre. Il n'y était pas, heureusement, quand cela s'était produit, trop occupé à engranger des graines.

Désemparé mais courageux, le petit écureuil s'était remis au travail pour le reconstruire mais une nouvelle tempête, accompagnée de grêle, avait anéanti sa deuxième maison, enterrant définitivement tous ses espoirs de nid.

Dans sa quête fiévreuse, allant comme une âme en peine à la recherche d'un abri naturel, il tomba sur un hérisson qui eut si peur en le voyant qu'il se mit en boule. Jacquet, tout aussi paniqué, lui tourna le dos et s'en fut, une fois remis de ses émotions.

Il parcourut de nombreux arbres sans en trouver un qui puisse faire l'affaire. Il avait une cache quelque part mais où ? Il lui semblait toujours les reconnaitre mais tous les arbres se ressemblaient et il redescendait le long des troncs, complètement dépité. Plusieurs fois il avait dérangé ses confrères les loirs, et même une vieille chouette qui s'était ébrouée à sa vue pour l'effrayer.

Mais toujours pas de creux où entasser de la nourriture et qui pourrait l'abriter pendant hiver. Sa queue n'était plus qu'un triste point d'interrogation.

Deux jours passèrent ainsi puis, un soir, la neige se mit à tomber. Du haut d'un sapin, comme hypnotisé, Jaquet regardait les flocons qui commençaient à blanchir le sol

Cette nuit-là il ne put dormir. Malgré sa position, bien caché dans une fourche, la neige avait parsemé sa fourrure, ce qui ne lui plaisait pas du tout.

Anxieux, il se sentait seul au monde. Les flocons avaient épaissi recouvrant le sous-bois de dix bons centimètres.

Jacquet eut du mal pour trouver de la nourriture et n'aimait pas cette blancheur et ce froid qui l'engourdissait. Toute la journée il traina sous les sapins épargnés par la neige, extirpant des babets les derniers pignons.

Vers le soir, alors qu'il se cherchait encore un abri pour la nuit, il se retrouva nez à nez avec un renard dont il n'avait pas entendu le pas feutré. Affolé, il grimpa dans le premier arbre venu, un gros chêne dont les branches basses étaient hors de la portée du canidé.

Il resta ainsi sans bouger un long moment jusqu'à ce que le renard se décide à partir, comprenant que le jeune écureuil ne redescendrait pas.

En changeant de branche, Jacquet tomba sur le trou d'un pic noir dont l'entrée avait été réduite et maçonnée par une sitelle qui l'avait occupé au printemps. Méfiant, il flaira les abords et mis le nez à l'intérieur. Une douce chaleur s'en dégageait et le jeune écureuil crut déceler sa propre odeur. Il s'y glissa avec un peu de difficulté car l'ouverture était étroite mais ce n'était pas plus mal car aucune fouine, martre ou putois ne pourrait y entrer.

L'intérieur était vaste et, comble du bonheur, bien approvisionné en graines de toutes sortes.

Jacquet respira profondément. C'était bien là l'une de ses caches. Il en avait même aménagé le fond en un nid douillet avec du foin et de la mousse.

Tout heureux, il se pelotonna en rond, couvert de sa queue, et s'endormit, épuisé.

La nuit suivante la neige recommença à tomber plus épaisse mais Jacquet ne s'en préoccupait plus car il avait trouvé l'abri dans lequel il resterait jusqu'au printemps.

Une renarde capricieuse

Dans le petit bois des Rio La Fond, dominant le ruisseau Bouron, le printemps était joyeux et lumineux. Les oiseaux chantaient tout en s'activant à la construction de leur nid. Dans les arbres, les feuilles d'un vert tendre commençaient à se développer et le vent murmurait dans un bruissement léger.

Bien plus bas, à un mètre sous terre, sous un sol jonché des feuilles de l'an passé, vivait un couple de renards. Ils venaient d'emménager dans l'ancien terrier d'un blaireau comportant plusieurs galeries et trois sorties.

Une forte odeur y régnait mais Juliette, qui devait mettre bas, s'en était accommodée, arrangeant l'endroit à sa façon pour le rendre chaud et accueillant. La pensée de donner bientôt des enfants à son renard l'émerveillait. Elle le regardait avec les yeux de Chimène et leur jeune couple rayonnait d'amour.

Ils s'étaient rencontrés durant l'hiver et pendant plusieurs jours, le sous-bois et les sentiers avaient résonné de leurs ébats, de leurs courses folles, l'un poursuivant l'autre avec de grands glapissements joyeux et énamourés.

Sylvain vouait à sa renarde une véritable passion. C'était l'une des plus belles de la contrée.

Lui aussi était beau garçon avec une tête fine, des oreilles droites et toujours en alerte, un corps musclé et une belle queue rousse très fournie. Son poil flamboyant sur les flancs devenait brun sur le dos. Son poitrail bien développé et son ventre étaient blancs comme neige. C'est ce qui avait fait craquer Juliette. Elle n'avait pourtant rien à lui envier. Belle, élancée avec dans son pelage des nuances plus foncées, une tâche blanche sur le front et quelques poils blancs au bout de la queue, elle rayonnait au milieu de ses prétendants. Comme Sylvain, elle avait le poitrail et le ventre immaculés mais couleur crème.

Ils s'étaient plu tout de suite et la concurrence s'était résignée, dépitée et morose.

Pourtant, tout n'était pas aussi idyllique qu'il y paraissait. Dame renarde avait un fort caractère et sa moitié s'en rendit compte assez vite. Malgré tout Sylvain était conciliant et lui laissait le dernier mot pour ne pas envenimer les débats. Il trouvait agaçant et injuste qu'elle veuille toujours avoir raison mais son regard plein d'amour le faisait chavirer.

Le terrier avait été nettoyé et aéré en un rien de temps et Sylvain avait bouché légèrement deux des trois entrées avec de la terre et des feuilles mortes. Ainsi, personne ne soupçonnerait ces deux issues qu'ils pourraient utiliser pour fuir en cas de danger. Juliette avait approuvé.
Le soleil commençait à être chaud et la journée s'avançait lorsqu'ils eurent terminé. Le ventre vide et complètement épuisés, ils s'endormirent l'un contre l'autre. Ce ne fut qu'à la nuit tombée qu'ils se mirent en chasse pour se nourrir.
Une hulotte chanta dans les arbres du petit bois. Quand la lune se leva, ils n'y prêtèrent aucune attention.
Ils parcoururent les fossés et la lisière de la forêt pour dénicher mollusques, campagnols, petit gibier blessé, jeunes faisans et perdrix d'élevage. Ils allaient ici et là, rapides, la truffe au ras du sol.
La quête de nourriture les occupait parfois de longues heures, surtout l'hiver quand les proies se faisaient rares. Un jour, un lapin à la patte cassée

tomba sous les crocs de Juliette qui, affamée, ne voulut pas partager. Sylvain en éprouva du dépit et la regarda dévorer en salivant.

Depuis quelques temps elle se sentait de moins en moins leste et devenait capricieuse.

Le jour de la mise bas approchait et elle devait confectionner le nid douillet qui recevrait ses petits. Sans relâche, elle récupérait des herbes sèches, des feuilles mortes, de la laine de mouton sur des barbelés qu'elle agençait en un tapis moelleux. Elle prélèverait aussi du poil et du duvet sur son ventre pour ajouter de la douceur à la nurserie lorsqu'elle ressentirait les premières contractions.

Sylvain la regardait de loin, intrigué par son savoir-faire. Il n'osait l'approcher dans ces moments-là. Elle l'avait une ou deux fois repoussé en grognant, ce qui l'avait peiné. Au fond, il sentait que c'était pour elle un moment important et qu'elle ne voulait pas être dérangée.

Certes, elle n'était pas commode ces derniers temps mais c'était passager et il en avait pris son parti, courant seul la campagne.

Quand il voulait répondre à un congénère qui, au loin, glapissait de dépit après avoir manqué une proie, il se forçait à rester discret, Juliette l'ayant tancé plusieurs fois pour lui faire comprendre que glapir faisait fuir le gibier.

Sans doute avait-elle raison mais il en avait un peu marre qu'elle décide de tout et pense pour deux. Lui, chassait à l'instinct et fonçait souvent sans réfléchir, ce qui quelques fois lui avait attiré des ennuis. Heureusement, Juliette était toujours là pour sauver la situation ! Qu'en serait-il à présent s'il devait chasser seul et pour deux ? Combien de temps resterait-elle à allaiter quand les petits seraient là ?

Il suivait le cours de la rivière lorsqu'il tomba sur le nid d'une canne qui avait momentanément abandonné ses trois œufs. Il n'hésita pas une seconde et les goba. La canne revint précipitamment en sifflant et battant des ailes mais Sylvain s'esquiva en laissant les coquilles vides. Sa truffe était tâchée de jaune et il s'arrêta plus loin pour faire un brin de toilette. Il avait chassé toute la nuit et le jour commençait à poindre à l'horizon. Il était temps pour lui de rejoindre le terrier.

Il se glissa le long de sa compagne déjà endormie et s'assoupit aussitôt.

Le soir tombait quand un grognement le mis sur son séant.

— Ah quand même ! Te voilà réveillé, tu ne dors pas, tu hibernes, grogna Juliette, peu amène.

Aussitôt elle exigea :

— J'ai envie d'une bonne poulette bien tendre comme celles de la ferme Mirabelle ! Allez, ouste, au travail fainéant !

Sylvain sortit la queue basse et l'esprit encore endormi. Le soleil se couchait et la nuit, avec ce petit vent d'Est, promettait d'être fraiche. Il suivit les haies, traversa des bosquets de bouleaux pour se rapprocher de la ferme en question. Il y avait lié une relation d'amitié avec Betty, la chienne des fermiers. Elle le trouvait beau et le lui avait dit.

Il pouvait venir la voir quand bon lui semblait mais elle avertirait son maître s'il s'en prenait aux volailles. Jusque-là, Sylvain s'était tenu à carreaux et ses visites à la ferme se faisaient en catimini. Il adorait regarder les poules dormir, perchées les unes à côté des autres. Betty le lui permettait. Mais ce soir il se sentait pris entre deux feux. D'un côté il ne voulait pas décevoir Juliette et en même temps il voulait préserver sa relation avec Betty. Préoccupé, il alla se cacher dans un fourré pour réfléchir.

Il restait bien sûr une autre solution mais dans une ferme plus éloignée et plus risquée. D'abord il lui faudrait éviter les crocs des deux chiens qui n'hésiteraient pas à le mettre en pièces s'il posait ses pattes dans la cour; ensuite transporter une poule sur une telle distance était lourd pour un renard, surtout avec deux chiens aux trousses.

Il retournait les idées dans sa tête lorsqu'il entendit des perdrix qui piétaient à quelques pas de lui. Il se dit qu'une bien dodue comblerait Juliette et il attendit que la nuit soit complètement tombée pour s'en approcher. Quand il se décida, il n'en vit qu'une derrière la haie. Cela ferait son affaire et il referma ses crocs sur le cou de l'imprudente qui mourut instantanément sans alerter le reste de la colonie.

Confiant et heureux, il fit un large détour pour regagner le terrier familial car il avait chassé sur les terres d'Hubert, l'un de ses congénères, beaucoup plus massif que lui et querelleur. S'il le croisait il passerait un mauvais quart d'heure, d'autant qu'il serait obligé de lui laisser sa proie.

Une ombre traversa soudain son champ de vision. Il ne bougea plus, figé comme une statue. Humant l'air, il sentit une odeur assez forte et vit la forme ramassée d'un sanglier. Rassuré, il continua son chemin, mais son gibier était lourd. L'une de ses ailes trainait à terre et le ralentissait. Au fond, plus il y pensait, plus il se demandait si cette perdrix plairait à Juliette.

Aussi, fut-il un peu hésitant lorsqu'il pénétra dans le terrier. Juliette était de fort méchante humeur et quand il lui présenta sa proie, elle fit semblant de ne pas le voir et lui tourna le dos.

Et comme il insistait elle se retourna et lui lança, agressive :

— C'est ce que tu appelles une poule ? Tu ne vois donc pas clair ou tu es peut-être sourd ? Je t'ai demandé une poule. Sais-tu ce qu'est vraiment une poule ?

— Mais Juliette chérie, je ne sais pas vraiment où la trouver.

— Et à la ferme Mirabelle, à un pet de renard d'ici, ils n'ont pas de poules ?

— Euh, si, mais je n'ai pas le droit de les toucher. Betty est formelle, elle me laisse juste les regarder.

— Quoi ? Qui est cette Betty ? glapit Juliette, le poil hérissé et la queue fouettant le sol.

— C'est la gardienne de la ferme. On discute quand j'ai l'occasion d'y passer. Je crois qu'elle a le béguin pour moi et elle me permet de les admirer. Si tu voyais comme elles sont innocentes ces petites poulettes, alignées sur leur perchoir en train de dormir.

Rouge de colère, Juliette se dressa de toute

sa taille et avança menaçante sur Sylvain qui fit profil bas.

— Tu te rends compte de ce que tu me dis ? On est un jeune couple et tu oses me parler d'une rivale qui s'entiche de toi, d'une chienne en plus !

Puis elle se retourna et lui expédia une volée de terre de ses pattes arrière en plein visage.

— Sors d'ici tout de suite, cria-t-elle, et ne reviens qu'avec une belle poule. Si tu n'es pas capable d'en ramener une, inutile de te présenter devant moi. Et si tu revois cette chienne, c'est fini entre nous, je file chez ma mère !

Devant tant d'agressivité Sylvain baissa la tête et sortit sans protester. Dans ces moments-là il ne reconnaissait plus sa Juliette. Il faut dire qu'il s'était laissé aveugler par sa beauté naturelle, préférant ignorer le côté intransigeant de son caractère.

La tête et la queue basses, Sylvain trainait sa tristesse sur la sente qui longeait le petit bois, à la lisière des champs. Ses idées s'entrechoquaient et il ne savait pas quoi faire pour amadouer rapidement sa belle.

Au bout d'une heure de vagabondage par les prés et les taillis, il se retrouva au bord d'une route. Humant l'air et le sol, il se rendit compte qu'il n'était plus sur son territoire. Il fit alors un brusque demi-tour dans les fougères pour repartir en sens inverse quand le gros rire d'Hubert l'arrêta net.

— Eh bien, que fais-tu là, tu en fais une tête !

— Non, non, ça va, je réfléchissais.

— Alors comme ça, tu viens réfléchir sur mon territoire ?

— Heu non, enfin oui je réfléchissais mais je n'ai pas vu que j'étais chez toi !

— Tu dois être drôlement perturbé pour ne pas t'en apercevoir, fit Hubert, ironique. À voir ta tête, on dirait que tu viens de te ramasser une sacrée volée.

Sylvain s'était accroupi en signe de soumission. La tête basse, il ne tenait pas à engager une quelconque querelle avec son voisin, qui lui ne se gênait pas pour faire des incursions de chasse sur son territoire.

— Tu comprends, Juliette attend des petits et je me sens un peu seul, désemparé !

— Quel menteur tu fais ! Tu ne me prendrais pas pour un imbécile par hasard ? Comme si j'allais te croire ! Allez, fiche le camp ! Si je te revois sur mes terres, je te rosse ! Compris ? glapit Hubert, hargneux.

Sylvain s'esquiva mais la voix le poursuivit :

— Tu sais ce que je pense, minus ? C'est qu'il y

a de l'eau dans le gaz entre toi et ta dulcinée. J'ai toujours dit que cette donzelle n'était pas pour toi ! Elle a besoin d'un vrai renard, un vrai mâle, fort et puissant, pas d'un couard de ton espèce ! Je le savais que ça ne durerait pas entre vous !

Sylvain voulut se boucher les oreilles pour ne plus l'entendre et détala.

Tout essoufflé, il arriva à la ferme Mirabelle. Il eut d'abord l'idée de se confier à Betty mais les propos acerbes de Juliette lui revinrent en mémoire. Alors, malheureux, il fit demi-tour pour finalement se reposer dans un buisson, à l'abri de toute rencontre.

Il avait besoin de réfléchir. Que devait-il faire pour reconquérir Juliette ? La solution était pourtant simple : il lui fallait ramener une poule mais il tergiversait, ne pouvant se résoudre à la voler dans la ferme de Betty. Alors il conçut un plan très risqué. Il irait la prendre dans une ferme située sur le territoire d'Hubert, ainsi il se vengerait de ses moqueries.

Le projet n'était pas une mince affaire. La ferme des Garennes, à laquelle il pensait, était accessible mais très loin de chez lui. Il savait qu'Hubert y trainait souvent et se servait dans l'élevage, prélevant de temps à autre une à deux poules en toute discrétion. Il chassait même en plein jour quand la trentaine de volailles prenaient le frais, en plein air. Il était très facile d'en coincer une et de l'emporter sans ameuter toute la basse-cour.

Sylvain mettrait son plan à exécution cette nuit même.

Il remonta la colline en longeant les haies au plus près, puis suivit la trace odorante d'un sanglier dans une sente boueuse. De temps en temps il s'arrêtait pour humer l'air et écouter les bruits de la forêt. Tout était calme, seul le hululement lointain d'un hibou troublait la sérénité de la nature au repos.

Sylvain reprit son trottinement tranquille, la truffe tantôt au ras du sol, tantôt en l'air.

Au bout d'un quart d'heure, il déboucha sur un chemin qui dominait les bâtiments de la ferme. Il sauta le fossé et se tapit sous des fougères pour observer.

Quelque chose l'intriguait. Dans ses souvenirs, il ne se rappelait pas qu'il y ait eu autant de dépendances. Il plissa les paupières afin de mieux distinguer ce qui clochait. Voilà, il avait trouvé : deux longues constructions en béton occupaient désormais une grande partie du terrain cultivé derrière la grange.

« Punaise, pensa-t-il, ce sont des élevages

de poulets en batterie ! Je comprends pourquoi Hubert fait le fanfaron, quand il raconte qu'il peut déguster du poulet quand bon lui semble. Que j'aimerais avoir ça sur mon territoire ! »

Sylvain scruta de nouveau l'obscurité du côté du poulailler. Il n'en croyait pas ses yeux, la porte était entrouverte. Une occasion rêvée ! Pourtant une sourde angoisse le tenaillait : cela paraissait trop facile. Furtivement, il suivit le fossé jusqu'aux cultures, se glissa entre les deux nouvelles constructions et longea la première sans se faire remarquer par les chiens.

Au coin du bâtiment, il jeta un coup d'œil alentour. Tout respirait la tranquillité mais le silence lui paraissait toujours suspect. Il redoutait le calme avant la tempête.

Il renifla l'air ambiant et scruta l'obscurité. Il tendait l'oreille aux moindres bruits. Un petit grattement près de lui l'inquiéta mais ce n'était sans doute qu'un rongeur dans la grange.

Un grognement suivi d'un soupir prolongé lui indiqua qu'un des chiens dormait profondément près de l'entrée de la maison. Il se demandait où était l'autre. Pas loin, sans doute, sachant par expérience qu'ils restaient toujours ensemble.

Il se décida et longea la grange jusqu'au

poulailler. La porte était calée par deux pierres, l'une à l'extérieur, l'autre à l'intérieur, sans doute pour permettre aux poules d'aller et de venir pendant la journée. Il risqua un œil dans l'entrebâillement. Elles étaient toutes là, certaines perchées, d'autres simplement blotties au sol les unes contre les autres.

Elles n'étaient pas très nombreuses mais cela suffirait à son bonheur. Cette fois-ci, il n'était pas question de les admirer, il fallait faire vite ! Mais il hésitait car la petite échelle qui accédait au perchoir gênait le passage. Il jaugea ses proies. L'une d'elle se tenait à l'écart des autres. D'un bond il pourrait la saisir et ressortir aussitôt sans créer trop d'émoi dans le reste du poulailler.

Aussitôt, il se faufila, sauta lestement et d'un coup de dents brisa le cou de la malheureuse en l'entrainant avec lui au sol. Tout s'était passé en quelques secondes et presque sans bruit. Malheureusement, quand il retomba, l'une de ses pattes arrière toucha une gamelle d'eau qui se renversa en heurtant le mur dans un tintement métallique.

Sylvain n'y avait pas prêté attention mais le bruit réveilla tout le poulailler. D'un coup, les poules se dispersèrent dans tous les sens en poussant des gloussements d'effroi. Le coq se mit lui aussi de la partie. Ne trouvant pas la sortie dans la nuit noire, tout ce petit monde se piétinait en désordre dans un tintamarre de coups d'ailes et de cris, les plumes volant de partout.

Sylvain franchit vite la porte du poulailler et s'enfuit par le même chemin. Alertés par le vacarme, les chiens hurlaient à pleine gorge mais Sylvain avait déjà quitté les lieux. L'effort était rude et la poule bien ronde. Son poids ralentissait le voleur mais il n'en avait cure, l'important étant de s'éloigner au plus vite.

Au loin, Hubert chassait le long d'un chemin et quand les chiens hurlèrent, il dressa l'oreille. Le chant du coq et les cris de frayeur des poules l'interpellèrent.

Mais oui, c'était bien la ferme des Garennes ! Qui avait osé se servir sur son territoire ? Car il en était sûr, quelqu'un avait volé une poule, dans le poulailler en plus !

Tout d'abord, il pensa à une fouine car à cette heure-là le poulailler était fermé. Il s'approcha. Dissimulé sous une haie, il observa ce qui se passait. Le fermier avait allumé le perron. Il jeta un coup d'œil par une fenêtre du premier étage et calma les chiens qui furetaient de tous côtés. Ne voyant rien, il referma le carreau.

Les poules avaient regagné leur perchoir et tout s'apaisait doucement.

Très intrigué, Hubert ne distinguait rien d'inhabituel, mis à part l'entrebâillement de la porte du poulailler. Si une fouine avait sévi, il savait que le calme ne serait pas revenu. Elle aurait fait un carnage et le charivari aurait duré beaucoup plus longtemps, même si, dans sa folie sanguinaire, c'était une meurtrière silencieuse. Les poules étaient trop nombreuses pour qu'elle saigne ses victimes sans alerter d'autres pensionnaires.

Le jour commençait à se lever. Hubert décida de faire le tour des bâtiments pour comprendre ce qui avait bien pu se passer. Dans la faible lueur de l'aube, il traversa les prés, la truffe au ras du sol. Tout à coup il stoppa, le poil hérissé. Un autre renard était passé par là, d'autant qu'une petite plume reposait là, sous son nez.

La colère l'anima. Qui avait eu l'outrecuidance de venir chasser dans son garde-manger privilégié ?

Hubert suivit la piste et cette odeur-là, il la connaissait. Sa rage décupla quand il reconnut le fumet de la trace de Sylvain.

La piste l'entraina par un large détour mais il connaissait la destination de son concurrent et coupa à travers chemins et prés jusqu'au terrier de son adversaire.

Prudemment, il suivit la sente menant au logis du couple et, à une bonne dizaine de mètres de l'entrée, caché derrière un arbre, il observa.

Rien ne bougeait mais, sur le sentier, des poignées de plumes gisaient çà et là. Hubert avait sa preuve ! C'était bien Sylvain qui avait volé une poule à la ferme des Garennes, sous son nez et à sa barbe ! Il ne l'en aurait jamais cru capable mais les indices étaient flagrants. Il grogna de dépit, de colère et de frustration, et jura de se venger.

Sans bruit et sans rien dire, il rebroussa chemin, le ventre et la tête en feu. Il ne savait pas encore comment mais il leur ferait payer cher !

Il fallait qu'il y réfléchisse, aussi il regagna son terrier. Personne ne l'y attendait. Armelle, sa renarde, s'était fait tuer en novembre dernier au cours d'une battue. Sa perte l'avait dévasté et il lui avait fallu plus de deux mois pour refaire surface et reprendre goût à la vie. Le printemps l'avait amené à se chercher une nouvelle épouse et il avait lorgné sur Juliette qu'il trouvait fantastique. Il en était tombé follement amoureux mais elle n'avait pas voulu de lui, préférant Sylvain, beaucoup plus séduisant et attentionné.

Elle voyait en Hubert un fourbe, une grande gueule, un fanfaron arrogant et ses manières parfois brutales ne lui plaisaient pas du tout.

Éconduit, Hubert en avait éprouvé du dépit et une grande jalousie envers Sylvain qu'il considérait comme le responsable de sa mésaventure amoureuse.

Aujourd'hui, très en colère, il avait l'occasion de se venger de ce couple et de l'éloigner définitivement de son territoire, voire même de le faire disparaitre.

Une idée germa soudain dans son esprit tourmenté. Il allait mettre en place un piège imparable mais il devait réfléchir à ses modalités d'exécution sans se faire prendre lui-même.

Il volerait une poule à la ferme des Garennes, sous le nez des chiens et du fermier qui suivraient sa trace jusqu'au terrier de Sylvain devant lequel il la déposerait.

Le plus difficile serait de s'esquiver sans laisser de traces olfactives que les chiens risquaient de remarquer. Il réfléchit encore quelques instants puis se décida. Le jour était levé et le moment s'avérait propice.

Au même moment, dans la tanière du couple, Juliette mangeait goulument.

Quand Sylvain avait franchi l'entrée du terrier avec sa proie et l'avait déposée devant sa dulcinée, elle s'était écriée :

— Eh bien, tu en as mis du temps !

Puis, sans un mot, elle s'était jetée sur la poule, la plumant rageusement. Sylvain avait voulu s'approcher pour l'aider mais un grognement l'en avait dissuadé. Indifférente à ce qu'il pouvait bien ressentir, elle avait planté avec appétit ses crocs dans la chair découverte encore chaude.

Le renard regardait sa renarde sans oser intervenir. Il préférait attendre que la faim et l'impudence de sa compagne retombent.

En effet, quand elle eut dévoré plus de la moitié de la carcasse, elle lui dit d'une voix douce qu'il aimait entendre :

— Merci mon chéri ! C'était délicieux, tu peux manger maintenant !

Sylvain ne se fit pas prier. Il finit de déplumer la poule et l'engloutit avidement.

Repue, Juliette le regardait amusée, un sourire aux babines et une lueur maline dans les yeux.

— Tu vois mon ami, quand tu veux, tu chasses très bien !

Il sourit à son tour et vint lécher le mufle de Juliette qui se laissa embrasser. Puis, côte à côte, ils sombrèrent dans un sommeil de digestion plus ou moins lourd.

Décidé, Hubert filait quant à lui à travers champs jusqu'à la ferme des Garennes. Il s'approcha et vérifia que tout le monde était levé. La fermière donnait du grain à ses volailles rassemblées autour d'elle. Mais à cet endroit c'était trop risqué. Aussi, rebroussa-t-il chemin en pestant dans ses babines. Il fit alors un large détour pour se poster derrière la haie qui longeait le poulailler.

Caché sous les ronces, il apercevait toute la basse-cour dans une trouée. De là, il pouvait saisir une volaille, se montrer, puis rebrousser chemin et filer avec sa proie jusqu'au terrier de Sylvain.

Pour l'instant, aucune poule n'était à portée de crocs. Elles entouraient la fermière en caquetant bruyamment et en se jetant sur le grain éparpillé. Mais Hubert était patient. Il savait que bientôt elles se disperseraient dans toute la cour et les prés contigus. Il suffisait d'attendre. Le vent soufflait dans sa direction, donc pas de danger du côté des chiens.

Après avoir picoré tout le grain, les poules et les poulets s'égayèrent, suivant leurs vagabondages erratiques. Le coq, accompagné de deux compagnes, avançait tranquillement en direction d'Hubert. La quête de nourriture les concentrait à tel point qu'ils ne prêtaient aucune attention à leur environnement immédiat, en dehors du sol qu'ils foulaient.

Au bout d'une demi-heure, une des poules se trouva tout près du renard qui n'hésita pas un seul instant. Il traversa la haie d'un bond et fondit sur elle. Ses mâchoires se refermèrent sur son cou. La poule battit des ailes mais il était trop tard. Le coq se sauva en criant de frayeur, rameutant tout le monde. Les chiens hurlèrent, fonçant sur le voleur.

Hubert prit bien le temps de se faire voir et partit ventre à terre, sa queue flottant comme une bannière.

La fermière cria au renard ! Le fermier sortit sur le pas de la porte avec un fusil dans les mains et tira. Il était rouge de colère et assoiffé de vengeance devant les disparitions régulières de ses volailles.

Enivré par le succès de son entreprise, et surtout aveuglé par sa jalousie et sa rage de vengeance, Hubert filait à toutes pattes vers le terrier de Sylvain. Il coupa au plus court mais prit le temps de laisser des traces bien apparentes et d'autres plus subtiles.

De temps à autre, il arrachait une ou deux

plumes à sa victime et d'autres fois il urinait quelques gouttes pour bien marquer son passage.

Après un quart d'heure d'une course haletante, il arriva au repaire de son rival.

S'approchant à pattes de velours, il déposa la poule à un mètre de l'entrée du terrier, la pluma et en engloutit un bon morceau. « C'est toujours ça de pris », se dit-il.

Puis, sans faire le moindre bruit, il recula dans ses traces sur plusieurs mètres. Il se ramassa et d'un bond formidable sauta trois mètres plus loin afin de tromper les chiens, si ceux-ci décidaient de suivre sa piste.

À la ferme, c'était le branle-bas de combat. Le fermier, plus en colère que jamais, avait fait lever son fils pour l'accompagner à la poursuite du renard. Vingt minutes plus tard, ils étaient prêts et armés de fusils. Portant pelle et pioche, le fils mangeait un sandwich de bel appétit. Casimir, le fox terrier hargneux, sautait autour de son maître. Aussitôt, il flaira la piste encore chaude du voleur, entraînant les deux hommes derrière lui.

Dans son abri souterrain, Sylvain avait entendu du bruit. Avec précaution il s'était glissé vers l'entrée de son terrier et avait reniflé. Reconnaissant une odeur familière, il jeta un regard au-dehors. Surpris, il avança la tête. Une poule déchiquetée était là devant lui à un mètre. Il sortit, la flaira et y reconnut immédiatement l'odeur d'Hubert. Il ne comprenait pas ce qu'elle faisait là. Tout à coup, un bruit lointain l'alerta : les jappements d'un chien et des voix d'hommes étouffées par la distance. Un peu décontenancé, et malgré toutes ces informations qui tournaient dans sa tête, il comprit.

Quant au fermier, vu la direction que prenait son chien, il avait sa petite idée de l'endroit où se terrait le renard. Il s'en ouvrit à son fils :

— Tu sais Guillaume, je te parie que ce voleur de poules occupe l'ancien terrier du blaireau.

— Possible ! dit le fils, la bouche pleine de sandwich.

Plusieurs centaines de mètres plus loin, ils en eurent la quasi-certitude quand le chien prit la direction du petit bois. Cela ne faisait aucun doute : un couple de renards avaient bien élu domicile dans le terrier du blaireau.

Au loin, Hubert avait entendu les aboiements et se réjouissait à l'avance de la bonne marche de son plan. Curieux, il voulut suivre la scène et remonta une haie jusqu'à un éboulis qui dominait l'endroit. Minuscules à cette distance, il vit les hommes s'engager dans la bonne direction, celle du terrier de Sylvain qui, tenaillé par un sentiment d'urgence, avait bondi devant Juliette, endormie sur sa couche.

— Mais qu'est-ce qui t'arrive Sylvain, j'ai eu peur !

— Il faut quitter cet endroit ! Des hommes viennent pour nous tuer, alors décampons !

— Tu n'es pas sérieux ! Dans mon état, je ne pourrai pas aller bien loin !

— Juliette, je t'en prie, c'est plus qu'urgent. C'est une question de minutes, si nous ne voulons pas mourir !

Il se précipita pour déblayer la sortie la plus éloignée du terrier puis revint vers sa compagne.

— Allez, suis-moi et pas de récrimination sinon, nous sommes cuits !

— Tu m'expliqueras ?

— Oui, mais pas maintenant, viens !

Subjuguée par le ton ferme et le débit précipité qu'il avait pris, elle se leva sans discuter.

Ignorant volontairement le boyau perpendiculaire, Sylvain l'entraîna vers l'autre sortie et ils débouchèrent à l'air libre vingt mètres plus loin. De ses pattes arrière il gratta rageusement le sol pour reboucher la sortie qu'il piétina ensuite pour tasser la terre et les feuilles.

Maintenant il fallait faire très vite. Sans un mot, ils s'engagèrent le long du taillis en fonçant à toutes pattes.

De son observatoire, Hubert vit le fermier et son fils disparaitre dans le petit bois. Sa curiosité le poussa à aller voir de plus près. Aussi, il redescendit le pré, ne se doutant pas qu'une seconde plus tôt Sylvain et Juliette étaient passés à trente mètres de lui.

Les hommes arrivèrent au terrier.

— Tiens papa, regarde, la poule est là. Ils n'ont même pas fini de la manger !

— Ils sont au trou Guillaume, on va les prendre comme des rats !

— Ne pourrait-il pas y avoir une autre entrée ?

— Oui mais ici on pourra la surveiller. Je la connais. Reste ici, je vais voir de plus près et retiens Casimir !

Le fermier s'éloigna d'une vingtaine de pas vers le bord d'une ravine puis, revenant vers son fils, il s'écria :

— La sortie est bien bouchée et ça ne date pas d'hier !

— Alors une autre doit certainement exister. Tu m'as toujours dit que chaque terrier de renard en avait au moins deux.

— C'est vrai fiston, mais je n'en connais pas d'autre pour cette tanière ! Détache le chien ! S'ils sont là, il va les faire sortir !

Le fermier engagea successivement trois cartouches dans la chambre de sa carabine et en fit monter une dans le canon. Il était prêt.

Le fox-terrier se rua dans la galerie en aboyant rageusement. Les deux hommes surveillaient l'entrée du boyau. Les aboiements du chien se firent de plus en plus ténus, puis plus rien. Casimir parcourut le terrier dans toute sa longueur, fila vers la sortie perpendiculaire puis revint sur ses pas, la trace odorante étant plus fraiche par ici.

Dans sa fuite éperdue, le couple ne se préoccupait pas de ce qui se passait à son ancien domicile. Pour Sylvain, l'essentiel était de mettre Juliette en sécurité. De temps à autre, il s'arrêtait pour voir si elle suivait. Épuisée et alourdie par le poids de sa grossesse, elle avait de la peine à suivre le train que Sylvain lui imposait. Ils atteignirent enfin un gros rocher, au milieu de bruyères et de ronces. Ils s'y cachèrent puis Sylvain demanda à Juliette de l'attendre un instant. Elle haletait, son ventre était de plus en plus lourd. Elle se colla au sol, éreintée.

Sylvain descendit la pente et se glissa dans les buissons le long du rocher. Au-dessous, dans un intervalle dégagé, il se mit à gratter furieusement le sol. Un trou apparut. Il le dégagea entièrement et renifla l'entrée. Le boyau sentait le renfermé mais il était sec et propre. Il remonta chercher Juliette qui le suivit tant bien que mal, ses pattes ne la portant plus.

Dans le terrier, elle s'effondra sur un tapis de feuilles et d'herbes sèches, sans dire un mot, le regard éteint. Sylvain visita son nouvel antre, ou plutôt son ancien logis. Il se l'était creusé un an avant de rencontrer Juliette. Des lapins l'avaient habité longtemps puis avaient disparu. Moins grand que celui du blaireau et construit sur deux niveaux, il restait tout de même très acceptable.

Pendant ce temps-là dans le petit bois, Casimir réapparut à la sortie du terrier, couvert de poussière et de terre.

— Apparemment il n'a rien vu et il n'y a plus personne là-dessous ! soupira le fermier.

Guillaume épousseta le chien puis d'un coup s'écria, le bras tendu devant lui :

— Papa, là, le renard !

Le fermier suivit la direction indiquée par son fils et épaula son fusil. Hubert comprit qu'il avait été repéré, aussi il fit demi-tour et plongea dans la pente. Le fusil claqua.

Le renard roula dans les bruyères, tel un pantin désarticulé. Le fusil résonna à nouveau mais Hubert ne sentit pas si le coup avait fait mouche. Une motte arrêta sa chute et il s'immobilisa sur le dos, les pattes en l'air, agitées de faibles tremblements. La charge du premier coup l'avait touché de plein fouet.

Sylvain s'approchait de Juliette quand le premier coup de feu retentit. Il se figea. Sa compagne se redressa légèrement, elle aussi avait entendu. Puis il y eut la seconde décharge.

— Que se passe-t-il Sylvain ? Pourquoi et sur qui tire-t-on ?

— Je ne sais pas mais cela se passe du côté de notre ancien terrier. Je vais aller voir de plus près.

— N'y va pas, c'est trop dangereux ! Si on te tuait, que deviendrais-je sans toi, surtout en ce moment ?

— Ne t'inquiète pas Juliette, je serai très prudent ! Mais il faut que je sache ce qui se passe.

— Fais très attention, mon chéri !

— Oui, je reviens au plus vite et je te raconterai.

Sylvain lui donna un coup de langue sur la truffe et elle remua la queue. Son humeur avait changé, la situation la terrorisait.

Il sortit de la galerie, huma l'air et écouta. Au loin, dans le petit bois, les hommes parlaient et le chien jappait. Le vent lui apportait des bribes de conversation.

Il remonta une haie qu'il suivit au plus près puis continua ainsi de haie en haie jusqu'aux abords de son ancien domaine.

Devant lui, entre les feuilles, il aperçut une partie du terrier mais personne dans son champ de vision. Il attendit encore mais n'entendit rien. Alors rassuré et toujours prudent, il s'avança à découvert entre les arbres. Il progressait lentement, l'oreille aux aguets.

— Tu l'as eu papa !

— Oui je crois qu'il a son compte. En voilà un qui ne viendra plus piller notre poulailler !

— Casimir, ici !

— Remets-lui la laisse. On bouche les issues avec des pierres et on file. J'ai du travail !

Après avoir attaché son chien, Guillaume aida son père à transporter de grosses pierres pour obstruer les entrées puis, armé de sa pelle, il les recouvrit de terre qu'il piétina.

Le fermier jaugea le travail, ramassa son fusil et donna le signal du départ.

Ils avaient atteint le milieu du pré adjacent quand Sylvain arriva sur l'aire de son ancien terrier. Il ne reconnaissait plus son logis, la terre était retournée comme labourée. Il ne s'attarda pas et quitta les lieux. Il n'avait rien vu et retourna prudemment sous le couvert des arbres et des fougères. Pourquoi avait-on tiré ? Cette question le taraudait.

Tracassé, il s'approcha de la lisière qui dominait la pente et regarda autour de lui en contrebas.

Apparemment, il n'y avait rien d'anormal : seulement de la bruyère, des genévriers et quelques rochers. Il allait repartir quand il remarqua une tache claire à mi-pente. Il ferma les yeux à demi pour affiner sa vision et s'engagea dans la descente au milieu des arbustes.

Il ne fallait pas qu'il traine, Juliette devait être folle d'inquiétude.

Quand il fut tout près, il comprit que la tache était le ventre d'un renard. Hubert ! Que faisait-il dans cette position, renversé sur le dos et les pattes en l'air ?

Sylvain comprit de suite que c'était sur lui que le fermier avait tiré, mais pourquoi ?

Tout près, il vit le sang qui maculait sa gorge. Il renifla son congénère. Ce dernier était inerte.

Sylvain en fut chagriné, même s'il ne l'aimait pas. Il dressa l'oreille. Il lui semblait avoir entendu comme un murmure. Il se recula et perçut à nouveau quelques mots. Les yeux ouverts et fixes d'Hubert commençaient à se voiler.

— C'est toi Sylvain ? Ne m'interromps pas, je n'ai plus de force ! Pardonne-moi ! C'est moi qui ai mis la poule près de ton terrier. J'étais jaloux de toi et amoureux de Juliette.

Après un interminable silence, il poursuivit, essoufflé :

— J'en voulais à la terre entière et particulièrement à toi qui l'avais conquise. J'ai fait en sorte que le fermier me voie voler la poule et me poursuive jusqu'ici. J'avais presque réussi mon plan mais ma curiosité m'a trahi ! Je voulais vous voir morts tous les deux. Malheureusement, un des deux hommes m'a aperçu et a donné l'alerte ! J'ai bien essayé de fuir mais il était trop tard : le premier coup de fusil m'a atteint de plein fouet.

Sa voix commençait à se perdre, Sylvain s'approcha pour le toucher.

— Pardonne-moi Sylvain et demande à Juliette de me pardonner. Promets-le-moi !

Sa voix se mourait. Hubert avait fermé les yeux. Le temps pressait.

Rapidement, Sylvain déclara :

— Je te pardonne Hubert et je suis sûr que Juliette te pardonnera aussi. Va en paix !

Hubert ne bougeait plus et Sylvain ne sut pas s'il l'avait entendu. Après un dernier regard, il remonta la pente, la boule au ventre, longea le bois et les haies pour retourner à sa tanière où l'avenir l'attendait.

Quand il arriva, Juliette était en plein travail. La naissance de ses petits approchait. Il lui raconterait plus tard.

Quand elle le vit, elle sourit, se redressa un peu. Son ventre était parcouru de spasmes.

Tout à coup, l'une après l'autre, apparurent trois poches contenant trois renardeaux. Juliette les observa puis, d'un coup de dent les ouvrit, libérant les petits qu'elle lécha consciencieusement. Ils se collèrent aussitôt contre son flanc pour chercher ses tétines.

Sylvain regardait tout ému, les yeux brillants de larmes. Il s'approcha de Juliette, la gratifiant d'un grand coup de langue sur le museau et renifla sa progéniture.

— Chérie, lui dit-il doucement, que dirais-tu si on appelait le plus fort, Hubert ?

— Ah non Sylvain ! Ne me parle plus de ce

grossier personnage. Il est toujours sur nos talons à nous épier !

— Ne sois pas si sévère ! Tu sais, Hubert a été tué par le fermier. Il m'a demandé notre pardon avant de mourir. Le lui accorderas-tu ?

Elle tressaillit et ferma les yeux.

— C'était donc ça les coups de feu ? Je ne le plains pas, il a eu ce qu'il méritait !

— Oui, malheureusement la mort de sa renarde l'a rendu aigri, mais il a payé cher sa méchanceté et sa jalousie envers nous ! Je te raconterai tout en détail quand tu seras plus reposée, ce n'est pas le moment.

— Oui, on en reparlera mon chéri !

Les petits avaient fini de téter et s'étaient endormis, pelotonnés contre leur mère.

Attendrie, elle les regarda, s'allongea de tout son long puis ferma les yeux et sombra elle aussi dans le sommeil.

Sylvain souriait devant ce tableau idyllique. « C'est cela une famille ! songea-t-il en gonflant le poitrail. J'en ai tellement rêvé. Maintenant je suis père, j'ai des responsabilités ! »

Une rainette vagabonde

Cachée sous une feuille de bardane, une minuscule grenouille verte observait les alentours.

Elle se sentait si seule, si fragile, si minuscule. Elle ne comprenait pas ce qu'elle faisait là. Dans ses souvenirs, elle se chauffait au soleil sur une pierre, au bord de sa petite mare natale, quand la foudre avait frappé un chêne tout près de l'endroit où elle vivait avec ses sœurs.

L'onde de choc l'avait éjectée et elle ignorait où elle avait atterri. Commotionnée et hagarde, elle était restée immobile un long moment avant de reprendre ses esprits sous un déluge de pluie. Elle s'était alors mise en mouvement par petits bonds maladroits à la recherche des siens, sans trop savoir dans quelle direction aller. Elle ne reconnaissait pas le paysage et ne se remémorait plus l'instant qui avait précédé sa chute dans l'herbe de ce pré. Comme une âme en peine, elle avait inspecté les environs pour essayer de retrouver sa famille et avait découvert une mare qu'elle ne connaissait pas, fréquentée par quelques-unes de ses congénères. Mais ces dernières ne lui ressemblaient pas, ni par la couleur ni par la grosseur. Indécise et curieuse, Pierrette les avait regardées, depuis sa cachette.

Plusieurs fois elle avait coassé mais aucune ne lui avait répondu. Leur taille l'impressionnait et leur langage était différent. La minuscule grenouille n'avait pas osé s'aventurer vers ce creux d'eau et avait continué de coasser à gorge déployée, appelant à l'aide. Un instant il lui avait semblé qu'au loin on répondait à ses appels mais elle n'en était pas sûre.

Le soir venu, ses congénères avaient toutes plongé à l'abri des nénuphars au moment où un homme s'était approché de la mare. En quelques bonds, Pierrette en avait alors profité pour se glisser dans l'eau tiède, se faisant toute petite pour échapper aux regards des autres grenouilles. Elle s'était ensuite hissée sur une feuille de nénuphar pour essayer de diner. Sa couleur identique à la plante la dissimulait aisément. Elle fit alors une hécatombe de moucherons et d'éphémères en toute discrétion.

Dès que l'homme eut disparu, les occupantes des lieux quittèrent leur cachette et s'installèrent sur le bord empierré, dans le soleil couchant.

Un frémissement entre les herbes attira l'attention de la petite grenouille. Une couleuvre au long corps coloré et à la langue fourchue s'avançait. Pierrette l'observait, fascinée. La couleuvre ne l'avait pas vue sur sa feuille de nénuphar et rampait vers les autres grenouilles qui continuaient de coasser à qui mieux mieux. Sortant de sa torpeur, Pierrette coassa plus fort qu'elles pour les prévenir. Paniquées, elles plongèrent aussitôt et la couleuvre s'immobilisa. Elle eut beau darder sa langue, elle ne remarqua rien alors qu'elle aurait eu vite fait de rejoindre Pierrette à la nage pour la gober. Tombée sous le charme du reptile, la rainette s'apprêtait à se rapprocher du bord quand l'homme revint, rompant la magie de l'envoûtement.

Les vibrations de son pas firent fuir la couleuvre qui se réfugia dans les hautes herbes. Pierrette l'avait échappé belle mais elle fut entourée d'un coup par les grosses grenouilles qui s'approchèrent d'elle, l'air menaçant. Une plus petite, à la peau claire, prit la parole dans des termes peu amènes : « Dégage de là ! Tu n'as rien à faire dans notre mare ! »

Stupéfaite, Pierrette n'en croyait pas ses oreilles. Elle leur avait sauvé la vie et elles la remerciaient de fort mauvaise façon !

Sans se faire prier, sautant de nénuphar en nénuphar, la petite rainette alla se cacher sous sa feuille de bardane à bonne distance de ces ingrates.

Un chant non loin la fit frissonner. « Ce n'est pas possible ! », pensa-t-elle, pleine d'espoir. Pierrette écouta, le cœur battant.

— Cloupe, cloupe, cloupe !

Le chant s'arrêtait puis reprenait, de plus en plus proche. Pierrette reconnaissait l'inflexion de cette voix un peu rauque. Aussi, lorsqu'elle estima que le visiteur était tout près, elle osa sortir de dessous sa feuille.

— Qu'est-ce que tu fais ici ? dit Patou le crapaud qui vivait sous une pierre aux environs de la mare natale de Pierrette.

— Je suis tellement contente de te retrouver, Patou, et complètement perdue, avoua la petite grenouille en lui confiant sa mésaventure.

Le vieux crapaud, un familier de sa famille, semblait réfléchir.

— Et toi, que fais-tu par ici ? Ce n'est pas ton terrain de chasse habituel, que je sache ! interrogea Pierrette.

Il lui expliqua que le vieux chêne qui abritait son logis s'était embrasé sous l'effet de la foudre et que la chaleur l'avait fait fuir.

— Tu crois qu'on pourrait revenir chez nous ? lui demanda la petite grenouille.

— Peut-être, mais ça fait loin.

— Je ne veux plus rester ici, c'est trop dangereux et les occupantes de cette mare sont agressives et ne veulent pas de moi ! De plus, une couleuvre à collier est venue tout près. J'ai crié pour les avertir mais en remerciement, elles m'ont chassée !

— Ne t'en fais pas, nous allons rentrer. Suis-moi.

La nuit commençait à tomber quand les deux amis se mirent en chemin, sautillant de-ci, de-là et se cachant de temps à autre pour échapper à la vue d'éventuels prédateurs.

Pierrette suivait son compagnon sans jamais s'opposer au trajet qu'il empruntait. Elle savait qu'il prenait toutes les précautions pour garantir leur sécurité, même si parfois de grands détours étaient nécessaires.

Lors de leurs haltes, il lui expliquait les risques qu'ils encouraient et elle se fiait à son jugement.

Après sa commotion elle avait fait un long trajet dans la direction opposée en cherchant sa mare d'origine. Patou l'avait remise dans le droit chemin et elle se réjouissait de retrouver bientôt ses sœurs. La nuit était tombée mais restait claire. Au bout d'un quart d'heure de route un bruit furtif les alerta. Ils se cachèrent tous deux dans un fossé, à l'entrée d'une conduite d'évacuation. Le crapaud en examina l'intérieur d'un œil méfiant. Ils demeurèrent là, sans bouger, à attendre.

Le bruit se rapprocha. Des pas martelaient le sol, semblables à ceux d'un animal qui avance et revient en arrière en cherchant quelque chose de précis. Des reniflements bruyants troublèrent le calme de la nuit. Patou entraina Pierrette plus profond dans le boyau. Silencieusement ils écoutèrent. Un souffle se fit entendre et une tête apparut. Pierrette retint un coassement de frayeur.

— Ne bouge pas et ne fais pas de bruit, ce n'est qu'un chien en maraude ! lui murmura son compagnon. Nous ne sommes pas son gibier. Il a simplement reniflé notre passage.

Pierrette se sentit soulagée. Le chien renifla encore puis sa tête disparut et le bruit de ses pattes s'estompa. Ils attendirent encore un instant sans bouger, épiant la nuit. À part le hululement d'une chouette au loin, tout était silencieux.

Circonspects, ils sortirent du boyau et reprirent leur marche. Ce qu'ils craignaient vraiment étaient les prédateurs nocturnes et discrets comme le chat qui s'abat sur sa proie sans crier gare. Pour cette raison ils allaient par petits bonds en se cachant sans cesse pour écouter la nuit.

Le temps paraissait long à Pierrette qui commençait à fatiguer. Patou l'encourageait à tenir d'autant qu'ils approchaient du but.

Ils avançaient confiants quand, au détour d'une touffe d'herbe, ils tombèrent sur un hérisson. Affolés, ils prirent la fuite et s'arrêtèrent vingt mètres plus loin, au pied d'un sureau. Ils devaient maintenant suivre un chemin à découvert, parsemé de séneçon et d'oseille sauvage. Remplis de frayeur, ils procédaient par petites étapes. Patou rêvait de retrouver son logis sous une grosse pierre et Pierrette sa mare natale, mais pour l'instant ils devaient se montrer très vigilants. Hors de leur élément naturel, ils étaient en danger permanent, même si le crapaud se permettait quelques escapades nocturnes loin de chez lui, sachant, mieux que quiconque, utiliser les ombres de la nuit. Avec Pierrette, c'était différent. Il veillait sur elle et à deux ils attiraient l'attention.

Alors qu'ils ne s'y attendaient pas, un courant d'air les frôla et les serres d'un rapace passèrent juste au-dessus de la petite grenouille, la manquant de justesse. Patou la poussa entre les plantes vivaces et lui chuchota de ne pas bouger.

Ils demeurèrent ainsi un long moment, tremblants de peur. Le cri d'une chouette résonna à proximité puis disparut au loin quand une pluie drue se mit à tomber. C'était le bon moment. D'un commun accord, Pierrette et Patou s'élancèrent, la peur au ventre. La pluie redoubla d'intensité et nos deux amis d'ardeur pour entreprendre un parcours aussi périlleux.

Ils firent une nouvelle pause et le crapaud en profita pour gober une limace qui se trouvait là, juste au bon moment.

— Je ne sais pas comment tu peux faire pour manger, moi je n'ai vraiment pas faim. J'ai bien trop peur ! lui souffla Pierrette.

— Oh tu sais, il ne faut pas se laisser abattre et l'occasion fait le larron ! sourit-il.

Sautillant à droite, sautillant à gauche, ils suivirent un sentier herbeux sous une haie monumentale d'arbustes, écrasés sous le poids de l'eau et du vent. Ces protections naturelles rendaient leur progression discrète et sécurisée.

Tout à coup Patou se figea et observa les alentours.

— Nous sommes tout près mais une partie du chêne est détruite et l'entrelacement des branches nous oblige à faire un détour.

— C'est vrai, je ne reconnais pas le paysage ! dit la petite grenouille en se haussant sur ses pattes arrière pour tenter de voir au-delà de la masse végétale.

Après un important contournement, Pierrette aperçut enfin les abords de sa mare. Elle voulut se précipiter dans l'eau mais son compagnon l'arrêta.

— Attends un peu, il faut vérifier qu'il n'y ait pas de danger !

— Mais c'est ma mare ! Je la connais !

— Oui, mais cela fait des heures que tu l'as quittée et il y a eu une catastrophe, alors méfiance !

Ils se rapprochèrent et tentèrent de sonder les lieux à travers les gouttes de pluie. Rien ne leur parut bizarre, hormis l'étrange silence, troublé par le ploc des gouttes qui martelaient la surface de l'eau.

Puis la pluie s'arrêta et Pierrette bondit sur une grosse pierre. Patou la rejoignit et ils observèrent la mare redevenue calme et tranquille.

Pierrette appela ses sœurs et s'arrêta pour écouter mais aucune voix ne lui répondit.

— Je vais aller voir, insista-t-elle.

— Sois prudente et reviens vite !

D'un petit bond elle se glissa dans l'onde pour visiter sa demeure. Tout y était désert. Elle fit le tour et aperçut quelque chose. Elle s'approcha avec précaution et pâlit de frayeur. Sur une pierre, une rainette était étendue, les pattes en l'air. Une autre gisait à ses côtés. Pierrette reconnut l'une de ses sœurs et sa mère. Les larmes lui montèrent aux yeux.

Près d'elle l'eau bougea et elle sentit un contact froid sur l'une de ses pattes. Elle poussa un coassement d'effroi. Patou l'entendit et lui demanda ce qu'il se passait. Pierrette allait déguerpir quand le lézard aquatique qui l'avait touchée du bout de sa queue grimpa sur le rebord. Elle reconnut Titus, le triton qui vivait ici depuis de nombreuses années.

— N'aie pas peur Pierrette, ce n'est que moi. Tu ne me reconnais pas ?

— Si, si ! dit-elle. Mais je suis sur le coup de la surprise et surtout de l'affliction !

— Je te comprends. Cette catastrophe a été si soudaine. Il n'y a plus que moi dans la mare. Tout le monde a disparu après la foudre !

— Où sont passées mes sœurs ?

— Comme toi certaines ont dû être éjectées, sûrement loin et, qui sait, peut-être même tuées par l'impact et l'onde de choc. Ici il ne reste plus que les corps de ta maman et de ta petite sœur.

Les larmes de Pierrette redoublèrent. Désemparée, elle murmura :

— Que vais-je devenir maintenant ? Je n'ai plus de chez moi, plus de famille !

— Je ne sais pas, Pierrette. Moi, je suis vieux et je n'attends plus rien de la vie. Mais toi, il te faut aller de l'avant et quitter cet endroit. Il est sans âme maintenant.

Et Titus glissa de la pierre pour s'enfoncer dans la vase, la laissant seule et désespérée.

Patou avait entendu le récit du triton.

— Pierrette, viens avec moi ! lui dit-il. Ne reste pas ici. Cet endroit n'est que désolation ! Tu n'y connais plus personne.

— Où veux-tu que j'aille, je n'ai pas d'autre domicile !

— Vers chez moi se trouve une fondrière toujours pleine d'eau où tu pourras te baigner, et tout à côté un petit pommier où tu pourras grimper pour chanter et manger les mouches.

— Cela ne te gênera pas ? Tu crois que je pourrai m'habituer ?

— Sois sans crainte ! J'ai aussi de nombreux amis que je te ferai connaître. Et peut-être qu'un jour tu retrouveras ta famille.

— Je te suis ! dit Pierrette.

Et comme ils étaient venus, ils repartirent en sautillant vers un verger, à quelques mètres de là.

Dès le lendemain et tout au long des jours qui suivirent, et souvent pendant les nuits, on pouvait entendre les sanglots de la petite rainette qui pleurait les siens.

Patou, le crapaud, veillait sur elle et il avait bon espoir que l'une de ses sœurs entendrait ses appels et viendrait la rejoindre. Oui il en était certain, un jour Pierrette ne serait plus seule.

Une abeille intrépide

Il était une fois, au fond d'un vallon, un ruisseau dont les boucles paresseuses arrosaient une immense prairie luxuriante et fleurie de pâturins, fétuques, bleuets, marguerites, trèfle, cresson et boutons d'or. Son léger gazouillis se mêlait à celui des oiseaux et au murmure du vent dans les ramures des saules qui le bordaient.

Sur un promontoire dominant le ruisseau, un petit bois clairsemé de chênes et de bouleaux abritait un village d'une vingtaine de ruches. De la planche d'envol de l'une d'elles, située à la périphérie sud, une petite abeille décolla dans les premiers rayons du soleil. Son sac à pollen fixé sur un corselet de velours noir, elle fila directement vers un pré fleuri, multicolore.

Voletant de fleur en fleur, très courageuse, elle s'activait avec détermination. Apparemment, rien ni personne n'aurait pu la détourner de son travail.

Pourtant, elle ne se doutait pas qu'elle allait vivre une journée différente des autres. En effet, elle reprenait le chemin de la ruche avec un sac rempli de pollen quand une voix joyeuse l'appela :

— Hello Butinette ! Comment vas-tu ce matin ?

C'était Léon le papillon machaon, toujours d'une humeur folâtre.

— Tu viens avec nous chez Jean-Paul ? reprit-il, c'est son anniversaire !

— J'arrive ! dit Butinette.

Elle avait beaucoup d'amis dans la prairie, à commencer par Léon, Blanbec, le piéride du chou, un papillon qui ne s'éloignait guère des jardins en bordure du ruisseau, Rainette, la petite grenouille verte de l'étang qui passait son temps à gober des mouches, assise sur une feuille de nénuphar, Ronchon, le frelon qui lui servait de garde du corps à l'occasion, Zipette, la petite sauterelle qui se prélassait pendant des heures au bout d'une graminée, Cri-cri le grillon dont la famille ne quittait jamais son trou et puis Jean-Paul, le petit lézard gris qui habitait avec ses proches dans le vieux mur de pierres sèches limitant la prairie.

Leur habitat privilégié leur offrait une vue imprenable sur les prés et le ruisseau. Une large pierre plate leur servait de terrasse et de terrain de chasse. Un jour, une vipère aspic s'y était installée, les privant de sa jouissance. Très chagrinés ils n'avaient osé contester, à l'exception de Jean-Paul, le rebelle. Courroucé par cette situation, il avait harangué ses parents, ses frères et sœurs, et suite à un bref conciliabule et après que le serpent s'était assoupi dans la chaleur du soleil, ils l'avaient poussé dans le vide. La vipère s'était réveillée en sursaut un mètre plus bas. De fort méchante humeur elle s'était éloignée en sifflant, ne sachant trop ce qui lui était arrivé. Jean-Paul et les siens avaient exulté et depuis ce jour elle demeurait à distance, au grand soulagement des petits lézards.

Bien décidée à ne pas être encombrée pendant la fête, Butinette chercha un endroit où cacher sa récolte. Les environs du repère d'Aracnée lui semblaient sûrs. La grosse araignée tendait ses toiles entre un rameau d'aubépine et le tronc d'un jeune frêne, et malheur à celui qui s'aventurait dans les parages. La petite abeille en avait fait les frais. S'il n'y avait pas eu le courage de Ronchon, qui avait foncé dans la toile en la détruisant complètement pour la délivrer, Butinette aurait servi de repas à cette méchante mégère.

Depuis ce jour, l'araignée se méfiait de la bande d'amis et leur criait de s'en aller quand ils s'approchaient trop près.

Butinette avisa une feuille d'oseille sauvage pouvant dissimuler son sac à pollen. Elle se glissa dessous et le fixa contre la nervure. Satisfaite, elle quitta la cachette d'un bourdonnement d'ailes et vola en direction du vieux mur.

Quand elle se posa sur la terrasse de Jean-Paul, ils étaient tous là, enfin presque. Comme d'habitude, Cri-cri ne s'était pas déplacé. Ronchon et Rainette lui avaient proposé de l'emmener sur leurs épaules, mais il craignait trop de quitter son foyer et un voyage à dos de frelon ou de grenouille ne le tentait guère !

Sur la plateforme, une joyeuse ambiance régnait. Ils étaient heureux de se retrouver et le faisaient savoir au voisinage.

Francky et Lucie, les parents du petit lézard, regardaient leur fils avec attendrissement. Ils aimaient bien ses amis, en particulier la petite abeille qui leur racontait souvent les faits divers de la prairie et du ruisseau.

Pour recevoir tout ce petit monde, ils n'avaient pas lésiné sur la nourriture. Au milieu de la terrasse, les plats s'alignaient et chacun pouvait manger à satiété. Sur des feuilles se trouvaient des moucherons, des mouches, certaines très grosses, du nectar, des œufs de fourmi, de la rosée dans une coquille de noix, deux prunes très mûres, des germes de blé et bien d'autres choses succulentes. Francky avait même fait du troc pour obtenir certains mets.

Tous se régalèrent, en particulier Rainette, à l'ombre d'un grand chapeau de paille. Son appétit semblait insatiable ! Zipette dégustait une pousse d'herbe blanche très tendre. Ronchon s'était attaqué à une prune et ne levait plus la tête. Léon et Blanbec se délectaient, leur trompe déployée dans le nectar. Butinette l'avait elle aussi goûté mais elle s'était vite rassasiée et songeait déjà à repartir à son ouvrage. En attendant, elle racontait à Francky et Lucie les derniers potins de la prairie.

Comme à l'accoutumée, Jean-Paul ne mangeait rien. Il s'agitait constamment auprès de ses invités, courant de l'un à l'autre pour voir s'ils ne manquaient de rien.

Au bout d'un moment, Butinette prit congé et fila récupérer son sac de pollen. Elle n'était pas en avance dans son travail ! Elle avait passé trop de temps chez son ami le lézard et il lui faudrait maintenant butiner sans relâche pour rattraper son retard. Mais elle s'en savait capable.

Quand elle passa devant la toile d'Aracnée, celle-ci lui cria d'une voix peu amène :

— Passe ton chemin, maudite abeille, ne viens plus par ici ou il finira par t'arriver malheur !

Butinette resta concentrée et ne répondit pas, sa mission étant de récupérer sa récolte au plus vite. Elle reconnut l'oseille et plongea sous la feuille où elle l'avait cachée. Avec un petit bourdonnement d'ailes elle se posa sur la nervure et son cœur se serra d'effroi. Le sac qu'elle avait fixé une heure auparavant avait disparu. Elle resta là, prostrée. Les pensées les plus noires agitèrent son esprit. Qui pouvait lui en vouloir ? Elle n'avait pourtant pas d'ennemis dans la prairie et elle s'était montrée si discrète en le cachant. Elle n'arrivait plus à réfléchir. Que faire maintenant ? Les larmes lui brouillaient la vue et elle pleura de plus belle.

— Va pleurer plus loin ! lui cria Aracnée de sa toile, tu fais fuir mes repas !

— Que se passe-t-il ici, maugréa Ronchon de sa voix bourrue, c'est toi Butinette ?

— Où es-tu ? dirent en chœur Léon et Blanbec qui accompagnaient le frelon.

— Je suis là ! flûta la petite abeille entre deux hoquets.

Blanbec, plus curieux que les deux autres, la découvrit sous sa feuille d'oseille. À son appel, Ronchon et Léon vinrent rejoindre la malheureuse.

— Calme-toi ! lui dit doucement le frelon, et raconte-nous ce qu'il t'arrive.

Butinette sécha ses larmes et entreprit de narrer son infortune. Les trois amis l'écoutèrent jusqu'au bout sans l'interrompre. Elle leur fit part de son incompréhension, ne sachant qui pouvait être le coupable.

— C'est peut-être Aracnée ! suggéra Léon.

— Pas possible ! Elle ne mange pas de pollen, reprit Ronchon.

Ils remontèrent sur la feuille d'oseille avec une seule question en tête : qui avait bien pu voler la récolte de Butinette ?

Ronchon s'approcha de la toile de l'araignée et lui demanda si elle avait vu quelque chose pouvant les mettre sur la piste du voleur. Son battement d'ailes la fit trembler.

— Ne t'approche pas, va-t'en de là ! cria Aracnée de sa voix aigre.

— As-tu vu qui a volé la récolte de Butinette ? insista le frelon.

— Je n'ai rien vu, j'ai du travail, répondit l'araignée. Et puis si elle n'était pas à côté pour y veiller, son bagage appartient à tout le monde !

Ronchon se mit en colère. Il s'approcha d'un des fils qui tenaient la toile et le coupa d'un coup de mandibules.

— Si tu ne me dis pas qui est le voleur, je détruis ton bel ouvrage ! menaça-t-il.

— Non, non ! Arrête ! Je te dirai ce que j'ai vu ! s'écria Aracnée soudain effrayée.

— Je t'écoute, dit-il en se posant sur le tronc du jeune frêne où ses amis vinrent le rejoindre.

L'araignée éructa :

— C'est une abeille. Sitôt le départ de votre amie, elle s'est glissée sous la feuille et s'est emparé du sac plein.

— Merci ! dirent en chœur les quatre amis.

Ils retournèrent sur la feuille d'oseille pour tenir conseil. Butinette pleurait toujours mais silencieusement.

— Ta reine-mère ne pourra pas te punir car tu n'as rien fait de mal ! la rassura Léon de sa voix de soprano.

— Sèche tes larmes, nous sommes tes amis et nous t'aiderons à trouver la coupable ! tonitrua Ronchon.

En signe de soutien Blanbec posa l'une de ses antennes sur la tête de la petite abeille.

— Voilà, murmura le frelon, il faut que l'on enquête dans la prairie pour savoir à quelle ruche appartient la voleuse. Quelqu'un l'a peut-être vue avant qu'elle ne rentre à la colonie.

Puis il distribua les tâches :

— Blanbec et Léon, vous prenez la partie la plus proche de la prairie. Butinette et moi, nous nous occuperons du reste. Dans une demi-heure, tous ici au rapport.

Léon interrogea un papillon vulcain, puis une vanesse de l'ortie et de nombreuses abeilles. Blanbec, pas très connu dans les parages avait du mal à nouer le contact. Beaucoup se méfiaient. Seuls deux cétoines daignèrent lui répondre.

Ronchon interrogea quelques-uns de ses congénères, puis une coccinelle et enfin une grosse mouche. Posée sur une marguerite, celle-ci prit peur en le voyant et accepta de parler en restant sur ses gardes. Personne n'avait rien vu. Certains, même, ne connaissaient pas l'antre d'Aracnée.

Butinette se concentra sur les abeilles, nombreuses en ce lieu particulièrement fleuri. Puis elle tomba sur une lointaine cousine appartenant à la colonie voisine, une butineuse du nom de Mélissa. Après les salutations d'usage, celle-ci réfléchit longuement en frottant ses antennes l'une contre l'autre.

— Près du jeune frêne, j'ai vu une abeille avec deux sacs, dit-elle. Je la connais de vue, elle est de ta ruche. Elle porte un nom de fleur. Camomille, je crois.

— Tu es sûre ? fit Butinette, consternée.

— Oui, oui, je t'assure ! Il lui manque une patte gauche, de naissance.

— Merci, lui lança la petite abeille en s'éloignant tristement.

La stupéfaction l'avait laissée sans voix. Elle fila vers le lieu du rendez-vous où ses trois amis l'attendaient et s'installa à leurs côtés sur la feuille d'oseille.

— Alors, tu as appris quelque chose ? l'interpellèrent-ils en chœur.

Et d'un coup elle fondit en larmes.

— C'est Camomille la voleuse, une de mes sœurs et ma meilleure amie ! souffla-t-elle, bouleversée.

Ronchon tapota sa tête avec une antenne dans un geste amical.

— Il ne reste qu'une solution, dit-il, rentrer à la colonie et tout révéler à ta reine.

— Tu n'y penses pas, rétorqua Butinette. Je vais me faire réprimander pour avoir abandonné mon sac et être retournée à la ruche les mains vides.

— Nous allons t'accompagner jusqu'au village des ruches, tu te sentiras moins seule, proposa Léon. Après, il faudra te débrouiller avec tes sœurs.

Les quatre amis s'envolèrent vers le petit bois puis se posèrent sur une fougère, à la lisière.

— Nous ne pouvons pas aller plus loin. Bon courage, Butinette. Demain à la même heure, retrouvons-nous chez Jean-Paul, tu nous raconteras.

— Oh merci mes amis ! dit-elle, émue.

Et elle s'en fut vers sa colonie. Cela faisait plus de deux heures qu'elle l'avait quittée et il était urgent de rentrer.

Elle se posa sur la planche d'envol et pénétra dans sa ruche.

Immédiatement, trois gardes l'entourèrent.

— Eh bien Butinette, que t'arrive-t-il ? Tu n'as plus ton sac ? s'exclama l'un d'eux.

Soupçonnant une affaire grave, les deux autres l'escortèrent chez Rolande, la responsable de l'approvisionnement. De fort méchante humeur, en raison de l'apathie de certaines ouvrières qu'elle avait dû recadrer dans la matinée, la cheffe de rayon les fixa d'un œil noir. Reconnaissant Butinette, son regard se radoucit.

— Qu'y a-t-il ? Pourquoi ces pleurs ? Pourquoi

deux gardes pour t'accompagner ?

— On m'a volé mon sac plein de pollen et de nectar, pleurnicha la petite abeille.

Rolande frémit. Un pareil délit ne s'était jamais produit de toute sa vie ! Elle serait obligée d'en référer à la reine Framboise.

— Qui t'a fait ça ? demanda-t-elle, abrupte. Est-ce l'une des nôtres ou quelqu'un de l'extérieur ?

Butinette ne répondit pas. Baissant les yeux et les antennes, elle n'osait parler. Elle connaissait les sanctions, au pire, le bannissement et le rejet de toutes les colonies. Mais Rolande ne supporta pas qu'elle se taise et explosa :

— Très bien ! Tu t'expliqueras devant notre reine. C'est elle qui tranchera. Amenez-la !

Les deux gardes empoignèrent Butinette par les pattes, et l'entraînèrent vers la nurserie où se trouvait la reine pondeuse. Rolande les suivit.

Après y avoir été invités, ils accédèrent à la salle du trône. Tous les quatre se prosternèrent devant la reine Framboise qui les fit se relever. Les deux gardes s'immobilisèrent, Rolande et Butinette s'approchèrent.

Pendant que la cheffe de rayon expliquait les faits, Butinette observait la reine, stupéfaite. Sa taille l'impressionnait. C'était une abeille énorme, deux fois plus grosse qu'elle. Tout ce qui se dégageait de sa personne était royal : son port de tête, son maintien, ses gestes et son joli visage. Les deux abeilles étaient éblouies. Rolande venait souvent dans ce lieu prestigieux et chaque fois elle ressentait la même admiration.

Se pressant autour de son trône, des ouvrières la nourrissaient, l'éventaient de leurs ailes, tandis que d'autres emmenaient les œufs dans les rayons de l'immense nurserie.

Après un court temps de réflexion, la reine Framboise se tourna vers Butinette. Ses yeux la dévisagèrent et elle la questionna d'un ton cassant :

— Pourquoi as-tu abandonné ton sac à la tentation de n'importe qui ?

— Majesté, il était lourd et je voulais aller à l'anniversaire de l'un de mes amis, souffla Butinette en baissant les yeux.

La crainte s'était emparée d'elle et lui serrait l'estomac.

— Tu es là pour travailler, pas pour t'amuser ! reprit la reine, courroucée. Qui a volé ta récolte ?

Son ton inquisiteur n'admettait aucune esquive.

— C'est Camomille, mon amie, dit Butinette, contrainte de livrer le nom de la coupable.

— Qu'on me l'amène ! ordonna Son Altesse aux deux gardes qui attendaient près de l'entrée. Et vite !

Rolande se tourna vers la reine et demanda :
— Majesté, faut-il réunir le grand conseil ?
— Non ! reprit la reine Framboise. Je jugerai !

Mais elle prit le temps de scruter la petite ouvrière à qui il manquait une patte lorsque les gardes l'amenèrent.

Après un long silence, entrecoupé par les sanglots des deux abeilles, elle interrogea la voleuse :
— Es-tu Camomille ?
— Oui Majesté, j'ai volé le sac de Butinette, avoua-t-elle spontanément.
— Pourquoi l'as-tu fait ?
— J'étais jalouse. Elle avait des amis dans la prairie, pas moi ! Alors, je l'ai suivie et quand elle est partie, j'ai pris son sac.
— Sais-tu ce que tu risques pour un tel forfait ? Je vais te le dire : le bannissement que j'applique sur le champ. Quant à toi Butinette, tu resteras à la ruche comme nettoyeuse et ventileuse. Exécution de la sentence ! Gardes, expulsez la condamnée !

Alors que les deux gardes s'avançaient, Butinette se porta au-devant de son amie. S'armant de courage elle dit à la reine : « Majesté, si Camomille doit partir, je partirai aussi. »

Les gardes interrompirent leur geste, stupéfaits d'une telle bravade.

Tout d'abord interdite, la reine Framboise adoucit son regard. Elle savait que Butinette, la meilleure de la colonie, était irremplaçable et la renvoyer ferait l'affaire d'une colonie voisine qui s'empresserait de la prendre au sein de sa ruche. Il n'en était pas question.

Alors elle lui dit dans un sourire :

— Tu es bien imprudente et arrogante de t'opposer à mes décisions de justice.

— Ce n'est pas juste de la condamner ainsi, je suis plus fautive qu'elle, renchérit Butinette, fière de son amitié pour Camomille.

— Tu es courageuse et digne de notre ruche, fit la reine Framboise, magnanime. Je vous gracie toutes les deux. Allez, retournez au travail !

Butinette et Camomille se retrouvèrent dans les pattes l'une de l'autre, pleurant de bonheur et de peur, repensant à la sentence à laquelle elles venaient d'échapper.

Dès le lendemain, butinant de concert dans la prairie, les deux amies s'affairaient plus qu'aucune autre abeille n'aurait pu le faire. Elles avaient ramené à la ruche bon nombre de sacs et Rolande les avait félicitées.

L'après-midi s'avançait. Camomille avait entamé une parcelle de trèfle qu'elle affectionnait, tandis que Butinette travaillait près du vieux mur. L'air était d'une douceur exquise et nul vent n'agitait les herbes. La petite abeille pensait à l'accueil chaleureux que lui réserveraient ses amis quand un « plouf » retentit près du ruisseau.

— Ne sois pas effrayée, tu n'as rien à craindre de moi, dit une voix douce. Regarde au pied du mur !

Au milieu d'une brume ouatée, une frêle jeune fille venait d'apparaître, à peine plus haute que le muret, vêtue de tulle et de soie blanche, jaune et verte, irradiante de lumière. Son visage pâle contrastait avec les boucles brunes et serrées de ses cheveux fins et soyeux. Elle était jolie avec son petit nez, sa bouche charnue, son menton volontaire et ses yeux noisette.

— Qui êtes-vous ? bredouilla Butinette, je ne vous ai jamais vue.

— Je suis Rebecca, dit l'apparition, la fée des champs, de la rivière et des bois. Ton nom a circulé dans la prairie car tu as fait preuve de beaucoup de courage hier pour défendre ton amie. Tu mérites donc une récompense.

Elle se rapprocha.

— Exprime un souhait et il sera exaucé, dit-elle.

Rassurée, la petite abeille réfléchit puis murmura :

— Les sacs que nous portons nous scient les épaules quand ils sont pleins. Ne pourriez-vous pas les faire disparaitre ?

— Si, bien sûr ! Il faut que je demande à Dame Nature, ma mère. Je pense qu'elle sera d'accord car c'est pour une noble cause mais il faudra attendre le printemps prochain.

Elle toucha Butinette de sa baguette et disparut dans un nuage de fumée, au son d'un nouveau « plouf » retentissant.

La petite butineuse crut avoir rêvé et oublia l'incident. Elle continua son travail et pensa à ses amis qui l'attendaient. Camomille avait fini sa parcelle de trèfle et la rejoignit avec un sac pratiquement plein.

— Il est bientôt l'heure du rendez-vous chez Jean-Paul. Viens, dit Butinette, je vais te présenter. Tu verras, mes amis t'adopteront.

Quand elles arrivèrent sur la pierre ils étaient tous là, enfin presque : Rainette et Zipette ne s'étaient pas dérangées, l'une et l'autre trouvant le trajet à travers les herbes trop fatigant. Mais Cri-cri, avait pour une fois osé monter sur les épaules de Ronchon avec la promesse d'être de retour avant la nuit. Au milieu de tout ce gentil monde, Butinette et Camomille rayonnaient de bonheur.

Au printemps suivant, les ruches s'éveillèrent du long hiver, et avec la chaleur du soleil les abeilles se remirent au travail sur les premières fleurs qui égayaient la prairie. Aucune n'avait de sac. Naturellement, elles fixaient les grains de pollen et le nectar contre les poils de leurs pattes et de leur corselet. La fée avait tenu parole mais seule Butinette savait.

Depuis ce temps-là, les abeilles ont toujours procédé ainsi grâce à l'une d'entre elle qui a pensé, un jour, qu'il fallait alléger la charge de travail des butineuses.

Un drôle de petit merle

Il était une fois un couple de merles qui bâtirent leur nid dans les troènes, près du jardin des parents de Mathis.

Là, dans un confort de radicelles et de duvet, trois œufs étaient éclos, trois petits oisillons au bec grand ouvert réclamaient à manger.

Le plus vif avait été nommé Merlot par ses parents. Son frère, plus timide, s'appelait Merlet et sa soeur, Merlette.

Malgré les avertissements et de nombreuses punitions, Merlot restait incorrigible. C'était un clown, un acrobate qui ne pouvait rester en place un seul instant.

Un jour qu'il faisait le malin sur le bord du nid, un coup de vent le déséquilibra et il tomba à terre sans trop se faire de mal.

Un peu étourdi par le choc, il regarda autour de lui et, gagné par la curiosité, partit en sautillant. Soudain, alerté par les cris de ses parents, il se cacha derrière une touffe d'herbe. Bien lui en prit ! Il aperçut Isis, la chatte de la maison. Heureusement qu'elle ne le vit pas car elle n'en aurait fait qu'une bouchée.

Merlot eut tellement peur qu'il resta longtemps caché, à tel point que sa famille le crut perdu.

Tout à coup, il vit arriver droit sur lui une grosse boule multicolore suivie d'un petit bonhomme : c'était Mathis qui courait après son ballon. Tout apeuré, Merlot tenta de se sauver mais ses pattes s'entortillèrent dans la touffe d'herbe et il ne put s'enfuir.

Mathis l'aperçut, laissa son ballon et saisit la petite boule noire, ébouriffée et effarouchée.

— Maman ! Maman ! cria Mathis, j'ai trouvé un oiseau ! Et il courut le lui montrer.

Tous les deux préparèrent un carton au fond duquel ils mirent une vieille serviette usagée. Ils y déposèrent le petit oiseau qui s'y blottit aussitôt. Mathis mit doucement le carton sur la fenêtre de la salle de jeu.

Le lendemain matin, Mathis se leva très tôt pour aller voir son protégé.

— Bonjour, petit oiseau ! dit-il.

Merlot ne répondit pas, ne comprenant pas

le langage des humains. Dressé sur ses pattes, son œil noir et espiègle surveillait Mathis. Son petit bec jaune entrouvert montrait au petit garçon qu'il avait très faim.

Mathis le comprit tout de suite.

— Maman, dit-il, qu'est-ce qu'il mange mon oiseau ?

— On lui donnera des vers tout à l'heure, répondit sa maman. Viens prendre ton petit déjeuner. Tu vas être en retard pour l'école !

Tout en déjeunant, Mathis demanda :

— Dis papa, comment je peux l'appeler mon oiseau ?

— Je ne sais pas, lui répondit Christophe, son père. Merluchon peut-être, c'est un petit merle !

— Oui ! Oui ! dit Mathis, c'est très bien !

Toute la journée, Mathis pensa à son nouvel ami et le temps lui durait de rentrer chez lui.

De son côté l'oisillon, nourri de petits vers et de graines de tournesol par Christelle, la maman de Mathis, semblait à l'aise dans sa boîte. Mais lui aussi ne cessait de penser à ce petit garçon qui lui avait sauvé la vie.

Au bout d'une huitaine de jours de soins attentifs, se sentant plus fort, Merluchon fut capable de voleter. Il commença par grimper sur le bord de son carton et ce qu'il vit le fit retomber à l'intérieur. À la porte de la salle à manger, Isis grattait pour réclamer ses croquettes. Croyant avoir été aperçu, il se fit tout petit dans un coin du carton, et les paroles de ses parents concernant les chats lui revinrent en mémoire : « Ils ont l'air calme et inoffensif mais malheur à l'oiseau qui passe à proximité, car de débonnaire le chat se transforme en un félin sans pitié qui d'un coup de patte terrasse l'imprudent. »

Une bonne heure passa. N'entendant plus rien et sachant qu'Isis avait mangé, Merluchon jugea le danger écarté. D'un coup d'aile, il remonta sur le bord de son carton et inspecta les alentours.

Tout était calme, la maman de Mathis étendait du linge. La porte de la salle à manger était ouverte mais il resta prudent et ne voulut pas sortir. Il s'envola jusqu'à la balustrade de la mezzanine. De là, il dominait la salle à manger et put voir au dehors la chatte disparaître au coin du jardin : la voie était libre. Il s'élança et se posa sur l'escalier, gagna l'extérieur par la porte ouverte et s'installa sur le fil à linge.

— Tiens, te voilà ! dit Christelle, tu es fort maintenant, tu pourras te nourrir tout seul. Mathis va être heureux de te savoir indépendant !

Après avoir étendu son linge, la mère de famille alla désherber son jardin et bien sûr, Merluchon l'accompagna. Il sautillait près d'elle tout en picorant une graine ou un insecte. Puis il vit de belles fraises rouges. Il voulut s'en approcher, mais la voix terrible de Christelle le figea.

— Si tu touches à mes fraises, je te tords le cou et je te donne à Isis pour son repas !

Très déçu, Merluchon obéit à contrecœur et tourna le dos aux fraises.

Sur la route, un bruit de voiture attira son attention. Christophe déposa son fils qui, de retour de l'école, courut immédiatement vers le jardin. Il avait aperçu Merluchon sur un poteau de clôture. Celui-ci voleta au-devant de son ami puis se posa sur son épaule.

Mathis était tout fier.

— Regarde maman, je suis son copain !

— C'est très bien, dit Christelle, mais il faudra lui apprendre à ne pas salir la maison sinon il restera dehors !

Le lendemain matin, quand Mathis repartit pour l'école, Merluchon fut triste. Sans lui, la journée allait être très longue. Il resta sur le poteau du portail à guetter son retour.

Le surlendemain, n'y tenant plus, Merluchon

décida de suivre la voiture malgré l'effroi que lui procurait la circulation.

Sans se faire voir, il se percha au sommet du gros tilleul de la place, tandis que Mathis rejoignait ses camarades derrière les grilles de la petite école. L'oiseau s'approcha et se posa sur le seul arbre de la cour. Toute cette agitation en bas l'effrayait, tous ces petits d'hommes qui criaient, riaient, se poursuivaient, ne lui disaient rien qui vaille.

Quand il aperçut Mathis à la récréation, il se mit à siffler à plein bec comme un jeune merle heureux.

Et lorsque le petit garçon quitta sa classe en fin de journée et monta dans la voiture de son papa, l'enfant ne se doutait pas que Merluchon avait passé la journée sur le tilleul de la cour à l'attendre.

Arrivé à la maison, il posa son cartable dans la salle à manger et se précipita à l'extérieur :

— Merluchon, Merluchon !

— Il n'est pas là. Je ne l'ai pas vu aujourd'hui ! dit Christelle.

Mathis sentit un poids énorme lui écraser la poitrine et deux grosses larmes perlèrent au coin de ses yeux. Il fit le tour du terrain en l'appelant de nouveau mais ne le vit nulle part. Des sanglots lui secouaient la poitrine.

Que s'était-il passé ? Merluchon aurait dû suivre Mathis à la sortie de l'école, mais les bruits de moteur, les portières qui claquent, les klaxons et les gens qui s'interpellent lui faisaient peur. Aussi, il attendit et décida de rentrer par la campagne.

Malgré les nuages bas, le temps était doux. Merluchon vola vers les premiers champs jouxtant quelques maisons puis dépassa une ferme.

Il s'arrêta sur un prunier pour faire une pause. Une bande de corbeaux tournoyait autour des grands peupliers qui bordaient le ruisseau.

— Crôaa, crôaaa !

— Sales bêtes ! pensa Merluchon.

Il reprit son vol. La sentinelle, postée en haut du plus grand des arbres l'aperçut, poussa un cri bref et toute la bande fondit sur Merluchon. Il se crut perdu mais son instinct le guidait.

Au plus vite, il plongea vers un bosquet. Les croassements désagréables se rapprochaient. Dans un effort désespéré, Merluchon fonça sur un noisetier, le traversa et vola ensuite au ras d'une haie. Un vieux moulin à moitié en ruines se présenta à sa vue. Il franchit l'une de ses fenêtres béantes et se laissa tomber sur la meule. Ouf ! Il l'avait échappé belle !

Les corbeaux le recherchaient toujours. Merluchon les entendait tournoyer mais ils ne pouvaient le voir. Il resta là, sans bouger, pendant au moins deux bonnes heures.

Le soir tombait et il lui fallait trouver un abri pour la nuit. Le moulin n'était pas sûr. N'ayant pas voulu servir de repas aux corbeaux, il ne désirait l'être pour aucune autre bête.

Son cœur battait à se rompre tellement il avait eu peur. Il remonta sur l'appui de l'une des fenêtres du moulin et écouta. Les corbeaux s'étaient éloignés.

Il sortit et avisa un gros noisetier très touffu. Il s'y cacha. Merluchon avait faim mais la nuit était là et des gouttes commençaient à tomber, faisant entendre sur les feuilles un doux martèlement. Bercé par la pluie il somnolait depuis quelques instants quand un « kouwitt » discret l'interpella.

Juste au-dessus de lui, une chouette hulotte le regardait.

— N'aie pas peur, dit-elle, c'est la première fois que je vois un merle dans mon noisetier !

— Je me suis perdu en fuyant les corbeaux, fit Merluchon, je suis du village des Buys.

— Tu n'es pas très loin ! dit la hulotte, à environ deux kilomètres à vol de chouette.

Et elle lui expliqua le trajet, lui conseillant la prudence :

— Cette nuit, reste bien caché, petit, j'ai vu le renard et la martre, ils ont faim !

— Merci ! dit Merluchon, mais la chouette avait déjà disparu d'un coup d'aile silencieux.

L'oiselet sentit le sommeil l'envahir quand un frottement le troubla, directement suivi par des reniflements et des bruits de mastication. Merluchon inclina la tête, un rayon de lune filtrait entre les nuages. Ouf ! Ce n'était qu'un hérisson. Rassuré, le petit merle se rendormit. Plus tard dans la nuit un grattement le réveilla en sursaut. Le temps s'était éclairci et une lune presque ronde éclairait la campagne. Merluchon regarda à nouveau au pied du noisetier. D'abord il ne vit rien dans la lumière tamisée mais quand un vent léger agita les feuilles de l'arbre, il aperçut un gros chat tigré qui se faisait les griffes sur le tronc d'un jeune chêne, à quelques mètres de là.

Merluchon ne bougea plus, paralysé par l'angoisse. Le chat pouvait grimper sans difficulté et l'atteindre. Mais un autre centre d'intérêt captait l'attention du félin. Le petit merle le vit s'aplatir dans l'herbe et fixer, à travers le feuillage, le déplacement d'un renard qui traversait le champ, le nez au sol, semblant suivre une piste. Quand ce dernier fut tout près, le chat fila le long de la haie.

Continuant sa quête, le renard descendit la pente, traversa le taillis une dizaine de mètres en contrebas du noisetier, le remonta sur toute sa longueur, passa sous la cachette de Merluchon, renifla le tronc du petit chêne, puis repartit dans le sillage du chat en allongeant sa foulée.

Au bout d'un moment, Merluchon entendit un glapissement de rage ou de déception : le félin avait dû grimper dans un arbre et se tenait hors de portée de son adversaire.

De nouveau tout redevint calme et tranquille. Merluchon avait eu peur et mit beaucoup de temps à se rendormir. La fatigue aidant, il finit par y parvenir.

Vers le matin, des coqs chantèrent dans les fermes voisines. Le temps s'était de nouveau couvert et une aube grise soulignait l'horizon. Merluchon avait faim mais il ne voulait pas bouger. Une brume légère s'élevait du ruisseau et stagnerait vraisemblablement sur les champs au petit matin. L'oiseau attendit patiemment qu'il fasse complètement jour.

La veille au dîner, Mathis n'avait rien mangé. L'estomac noué, il n'avait pas faim. Il était triste.

Ses parents avaient bien essayé de le réconforter mais il était demeuré inconsolable.

Son père émit même l'hypothèse que Merluchon avait peut-être rejoint ses congénères.

— Impossible ! répondit Mathis, il m'aurait dit adieu !

Au matin, il ne se sentait même pas heureux à la veille des vacances. Après un petit déjeuner rapidement avalé, il prit son cartable et monta dans la voiture que sa maman avait sortie du garage pour l'emmener à l'école.

Pendant ce temps-là, Merluchon quittait son abri en suivant les indications de la hulotte. Il avait très faim.

Dans un fossé longeant un chemin de terre, il vit un lombric qui prenait la fraicheur humide de l'air. Il fondit sur lui et le saisit à plein bec. S'arc-boutant sur ses pattes, il le tira hors de son trou et l'avala en plusieurs bouchées. Deux autres vers de terre et une limace grise, agrémentés de quelques graines, clôturèrent son repas. Rassasié, il fit sa toilette, frotta son bec dans la rosée et lissa méticuleusement son plumage. Puis il se remit en route en restant attentif aux bruits qui l'entouraient.

Le chemin de terre serpentait dans un vallon qui finit par déboucher sur une petite route.

Il la suivit pendant longtemps sans rencontrer personne jusqu'à ce qu'apparaissent les premières maisons. Il décida de s'accorder une pause, regarda autour de lui et s'arrêta dans un sureau dont il picora les baies qui avaient échappé à la gourmandise des autres oiseaux.

Quand il repartit, il reconnut d'abord le hameau des Buys et en fut heureux. Il allait revoir Mathis ! Il reconnut ensuite la maison du petit garçon dont une girouette ornait le faîte du toit. Exténué, Merluchon se posa sur le fil à linge.

Au premier coup d'œil, il remarqua que la maison était vide. Seule la chatte prenait soin d'elle sur la terrasse.

« Mathis doit être à l'école et sa maman au supermarché », pensa Merluchon qui resta ainsi immobile au moins une bonne heure, le temps de prendre un peu de repos. Quant à Isis, elle s'en alla rejoindre sa cabane et s'allongea pour dormir ou faire semblant. Le petit merle ne s'y fia pas quand il se dirigea vers la pelouse pour y dénicher à manger.

Après réflexion, il décida de rejoindre l'école en suivant la route déserte à cette heure-ci.

En chemin, il fit quelques pauses sur les fils

téléphoniques. Enfin, il gagna le tilleul de la place et après un coup d'œil circulaire, celui de la cour de l'école toute proche.

Tout à coup, la porte s'ouvrit et un groupe d'enfants s'égayèrent en criant et en gesticulant dans tous les sens. Merluchon ne vit pas Mathis tout de suite. Celui-ci s'était assis sur un banc et ne jouait pas avec les autres, il semblait triste.

Malgré la peur de tout ce bruit, Merluchon essaya d'attirer son attention. Il siffla tant qu'il put, se balança d'une branche à l'autre mais rien n'y fit ! L'enfant ne semblait pas le voir.

Après la récréation, Merluchon réfléchit longuement. Ses pensées se bousculaient dans sa petite tête de merle. Il ne savait pas quoi faire pour retrouver son ami. Attendre la fin de la journée et la sortie de la classe lui était insupportable.

L'après-midi était déjà bien entamé quand il se décida. D'abord, il se percha sur la gouttière au-dessus des fenêtres de la classe. De là il se pencha mais ne vit que le dessus d'une étagère. Il se posa alors sur le rebord de la fenêtre et regarda à l'intérieur.

Les enfants étaient assis sagement derrière de petites tables bien alignées. Sur la première rangée, Mathis, comme ses camarades, écoutait avec attention un homme de grande taille qui dessinait de drôles de signes sur un tableau blanc. Personne ne semblait voir Merluchon. Alors, de son bec, il toqua au carreau. Plusieurs enfants tournèrent la tête dans sa direction.

— M'sieu, M'sieu ! s'écrièrent les enfants, tout excités, à l'adresse de l'instituteur. Il y a un oiseau sur la fenêtre !

— C'est mon oiseau, c'est Merluchon ! cria Mathis tout joyeux, le visage illuminé par un large sourire.

Le maître s'approcha mais Merluchon prit peur et se réfugia sur la gouttière. L'instituteur ouvrit un battant puis retourna au tableau, pensif. Ce matin, il avait remarqué que Mathis était triste et l'avait questionné. La voix pleine de sanglots, le petit garçon lui avait raconté que son petit merle avait disparu.

L'instituteur comprenait maintenant, à son visage rayonnant, qu'il avait retrouvé son oiseau.

Merluchon redescendit sur l'appui de la fenêtre puis, d'un coup d'aile et sans aucune hésitation, il fit trois fois le tour de la classe et se posa sur l'épaule de Mathis. Avec son bec, il frotta la joue du petit garçon pour exprimer sa joie de le revoir.

L'instituteur avait fait taire le brouhaha que

cet événement avait déclenché. Mathis était tout fier, ses camarades le regardaient bouche bée. Ils allaient avoir beaucoup de choses à raconter à leurs parents.

Le maître permit à Mathis de garder son merle en classe mais il lui expliqua que ce serait la seule exception. Dorénavant, il devrait lui faire comprendre qu'il faudrait qu'il l'attende à la maison. Mathis acquiesça et demeura soucieux.

L'après-midi se passa sans incident. L'oiseau resta sagement perché sur l'épaule de Mathis. À 16h30, quand les élèves se précipitèrent à l'extérieur pour rejoindre leurs parents, Mathis ne bougea pas.

— Hé bien ! Tu ne veux pas rentrer chez toi ce soir ? dit le maître.

Mathis ne répondit pas, quelque chose le tracassait.

— Qu'y a-t-il ? interrogea le maître.

— Monsieur, est ce que Merluchon pourrait apprendre à lire et à écrire ?

— Non, ce n'est pas possible ! Les merles n'ont pas de mains pour écrire et pas de bouche pour former des mots, ils n'ont qu'un bec et ne peuvent que siffler.

— Alors moi je pourrais apprendre à siffler ? demanda Mathis.

— C'est vrai ! répondit le maître. Mais Merluchon ne te comprendrait pas forcément car ses sifflements modulés expriment des sentiments ou des avis. Pourquoi me demandes-tu cela ?

— C'est pour que nous soyons deux amis ! répondit Mathis.

Le maître sourit :

— Tu sais Mathis, pour être des amis, il n'est pas besoin de parler la même langue. Malgré vos différences, vous pouvez être amis pour la vie !

Mathis ouvrit de grands yeux, émerveillé :

— Oh ! Merci monsieur !

Il ramassa son cartable et après avoir salué son instituteur, dégringola les escaliers en direction de la sortie où l'attendait sa maman.

Il s'arrêta soudain et dit à Merluchon, toujours en équilibre sur son épaule :

— Tu as entendu Merluchon, nous serons amis pour la vie !

En signe d'acquiescement, Merluchon frotta la joue de Mathis avec son bec. Mathis était heureux : pendant toutes les vacances, ils seraient inséparables !

LISTE DES CONTES

Un marcassin en vadrouille p. 9

Compagnons d'infortune p. 45
(deux hérissons)

Une épargne bien mal gérée p. 67
(un écureuil)

Une renarde capricieuse p. 83

Une rainette vagabonde p. 117

Une abeille intrépide p.131

Un drôle de petit merle p. 151

REMERCIEMENTS

Je remercie Françoise, mon épouse,
ma première lectrice et correctrice.

Je remercie Chantal Lebrat, mon éditrice,
et ses collaborateurs
pour tout le travail accompli.

Je remercie tous les jeunes qui ont
participé au concours de dessin,
en particulier Amandine Lavalard
dont le beau dessin orne
la couverture de mon livre.

CHEZ LE MÊME ÉDITEUR

COLLECTION COMME TOUT UN CHACUN

La Paix toute une histoire, essai, Sophie-Victoire Trouiller

Nouvelles du Temps qui passe, recueil, Michel Pain-Edeline

Un petit cimetière de Campagne, roman, Jacques Priou

De mon Amazonie aux confins du Berry, recueil, Irène Danon

T'occupe pas de la marque du vélo, pédale, roman, Cécile Meslin

De l'autre côté des étoiles, conte, Hervé Dupont

"Pourquoi ?", réflexion autobiographique, Fabien Lerch

COLLECTION VOIR AUTREMENT

L'Insurgée aux yeux d'ombre, roman, Diane Beausoleil

Pas si bête, roman, Clélia Hardou

COLLECTION LES MOTS DU SILENCE

Deux Mondes, témoignage, Christelle Luongkhan

Signence - la langue des signes, album de photos, poèmes et textes, Eve Allem et Jennifer Lescouët

COUVERTURE

Illustration de Amandine Lavalard, 19 ans
Angers, France.

Afin de sensibiliser les jeunes au handicap,
RENAISSENS confie l'illustration de ses couvertures
à des jeunes de moins de vingt ans.
Ce programme qui concerne les jeunes du monde entier
s'inscrit dans un projet
"jeunesse, interculturalité et francophonie".

Pour participer à la sélection des prochaines couvertures
rendez-vous sur la page du site Renaissens

http://www.renaissens-editions.fr/projet-jeunes/

ISBN : 978-2-491157-20-3
Dépôt légal : décembre 2021